남겨진 것들의 기록

남겨진 것들의 기록

유품정리사가 써내려간
떠난 이들의 뒷모습

김새별 · 전애원 지음

청림출판

문을 열기 전부터 방에 드리운 그림자를 느낄 수 있다.
문틈 사이로 죽음의 냄새가 새어나온다.

방 안에는 떠난 이의 자리가 선명히 남아 있다.
나뒹구는 술병과, 쌓여 있는 고지서.
시간이 멈춘 방에 남아 있는
떠난 이의 인생과 고뇌, 저물어버린 꿈과 사랑.

그들이 남기고 간 물건을, 마음을,
인생을 정리하다 보면 이런 생각이 떠오른다.
누군가 이들의 손을 잡아주었다면,
관심 어린 눈길을 보내주었더라면……

때로는 작은 다정이 타인의 세상을 구한다고 나는 믿는다.
그래서 더는 홀로 쓸쓸이 떠나는 이가 없는 내일을 꿈꾼다.
그 바람을 마음에 품고 오늘도 닫힌 방문을 연다.
그리고 남겨진 것들을 기록한다.

남겨진 이야기에서
시작하는 이야기로

《떠난 후에 남겨진 것들》을 출간하고 벌써 7년여가 흘렀다. 많은 것이 달라졌고, 또 세월이 무색하게도 달라지지 않은 채 그대로인 것도 있다. 출판에 이어 수많은 매체와 인터뷰를 하고 지면에 칼럼도 연재했다. 모두 유품정리사라는 직업과 고독사의 심각성을 알리기 위한 일이었다. 같은 마음으로 유튜브 채널을 운영하기 시작했고 비영리단체 설립도 추진하고 있다. 놀랍게도 책을 모티브로 한 드라마도 만들어졌다.

그간 주변의 반응을 통해 유품정리사에 대한 선입견이 많이 줄어들었다는 것을 실감할 수 있었다. 사람들이 먼저 다가와 인사를 하기도 했고 유튜브를 보고 자살을 하려다가 마음을 고쳐먹었다는 사람도 생겼다. 고독사가 더는 남의 일이 아니라 내 가족에게도 일어날 수 있는 가까운 일임을 알게 되었다는 이야기도 많이 들었다. 다행한 일이다.

노인 고독사도 줄어들었다. 노인에 대한 복지 및 정책이 활발해진 덕분이다. 고독사 관련 법률을 제정하고, 고독사 위험군을 발굴하고 예방하는 사업을 다방면으로 펼치는 등 정부나 지자체의 인식 변화도 확실히 피부로 느껴진다. 나도 토요일이면 고독사 예방관을 대상으로 강의를 하곤 한다.

하지만 안타깝게도 고독사 자체는 줄어들지 않고 오히려 늘어나고 있는 상황이다. 결혼을 기피하는 젊은 1인 가구, 이혼이나 실직으로 주변과 단절한 채 살아가는 중장년층이 많아지면서 생긴 일이다. 이는 사회 전반적으로 고독사의 위험을 품고 사는 사람들의 비중이 커졌다는 뜻이다.

모든 현장에는 저마다의 사연이 있고, 떠난 이들 대신 그들의 사연을 말해주는 유품을 하나하나 정리할 때마다 안타까움이 밀려든다. 그중에서도 청년층의 고독사 현장에 가면 유독 마음이 쓰인다. 대부분이 자살로 인한 고독사이기 때문에 다 펼치지 못한 그들의 삶이 더욱 아깝게 사무친다. 몸은 다 자랐지만 정신적으로는 아직 어린 티를 못 벗은 청년들. 마음이 단단하게 다 자라기도 전에 아이들은 상처받고 세상을 등지는 선택을 해버린다. 학교에서도 가정에서도 경쟁만을 강요하고 주입할 뿐, 사회의 거센 비바람과 추위에 어떻게 마음을 보살피고 다잡아야 하는지는 알려주지 않은 탓이 크다.

비가 장대처럼 쏟아지고 바람이 거세게 몰아닥치면 누구도 그것을 뚫고 지나가려 하지 않는다. 잦아들기를 기다리며 잠시 숨을 고른다. 아이들에게도 그런 시간이 필요하다. 무조건 부딪혀보라고 밀어붙일 일이 아니라 안도할 수 있는 공간에서 마음을 추스를 여유를 찾을 수 있도록 해줘야 한다.

그들에게 무엇이 필요할까를 생각하다가 내가 잘하는 일로 도움을 주기로 했다. 바로 정리와 청소다. 심리적으로 어려움을 겪는 청년들은 대부분 쓰레기 집이고 은둔의 형태로 살아간다. 그들에게는 환기가 필요하다. 자기 안에 꽁꽁 갇혀 어떻게 문을 열고 나와야 할지 모르는 그들에게 내가 작은 바람이나마 되어주고 싶었다. 그 마음으로 이렇게 또 한 번 출간을 결심했다.

사연은 저마다 제각각이지만 마지막 모습은 닮아 있는 떠난 이들의 흔적을 통해 자신을 비춰보고, 스스로 고독사 위험 군이 되지 않도록 힘을 실어주고 싶었기 때문이다. 그동안 현장에서 느끼고 생각한 바를 글로 엮은 이 책이 조금이나마 그들에게 힘이 되어주면 더 바랄 나위가 없겠다.

7년 전과 지금, 고독사에 대한 사회의 인식은 많이 달라졌다. 앞으로 다시 7년, 그때는 청년 고독사가 줄어들었다는 반가운 소식을 전할 수 있기를 희망한다.

"또 한 명의 인생을 지웠습니다"라는 문구 대신 "또 한 명의 인생이 다시 시작되었습니다"라는 문구를 사용할 수 있기를. 누군가의 인생을 지우는 사람이 아니라 누군가의 새로운 시작을 응원하는 사람이 될 수 있기를. 남겨진 이야기에서 출발한 이 책이 시작의 이야기가 될 수 있기를 바란다.

차례

1장. | # 떠난 자리에 남겨진 것들

2장. | # 돌아올 봄을 기다릴 힘이 남았더라면

3장. | 인생에 드리워진 그림자를 걷으며

4장. | 늦기 전에 손을 맞잡을 수 있다면

1장.

떠난 자리에 남겨진 것들

서로를 생각하는
마음은 같아도

.

고독사한 분들은 수십 년간 가족과 소식을 끊고 살아온 경우가 많다. 같이 산 정이 없고 안 좋은 기억을 품고 있을 때도 많아서 사이가 남보다 못할 때가 많다. 그렇기에 가족이 시신 인계를 거부하고 현장 수습의 책임을 회피하기도 한다. 하지만 이번 현장은 달랐다.

늦더위가 기승을 부리던 9월의 어느 날이었다. 고인의 아들은 다른 업체에 이미 한차례 작업을 맡겼다고 했다. 그런데 그 업체의 태도에 너무 화가 나서 그냥 돌려보내고 내게 다시 의뢰를 해온 것이었다. 찾아간 현장은 주택 2층이었다. 정리 전에 먼저 간단히 둘러보기로 했다.

현관 앞 바닥에 부패물의 흔적이 보였다. 시신을 수습하는 사람들은 기본적으로 발토시를 신는다. 그리고 작업을 마치고 나면 현장 안에 벗어놓고 나온다. 그래서 집 밖에 부패물이 묻을 일은 없을 텐데 이상한 일이었다.

의아해하며 현관문을 여니 맞은편에 바로 욕실이 보였다. 첫 번째 순서는 늘 그렇듯 소독과 묵념이다. 마음을 단정히 하고 입구에 들어섰다. 눈앞에 고인이 벗어놓은 속옷이 있었다. 단 차이가 큰 화장실에서 씻고 나오다가 미끄러져 실족한 것으로 보였다. 발 매트를 두지 않은 집에서 생각보다 빈번하게 발생하는 사고다. 현관 오른쪽 벽에는 머리카락이 잔뜩 달라붙어 있었다.

욕실 앞에 박스가 여러 개 깔려 있었다. 시신의 부패 정도가 심하면 바닥이 흥건할 정도로 부패물이 흘러나와서 발토시도 소용없어진다. 이때는 실외로 부패물이 묻어 나가는 것을 방지하기 위해 두꺼운 이불을 잔뜩 깔아둔다. 그런데 이불이 아니라 박스가 깔려 있는 모습이 영 낯설었다.

현장을 어떻게 수습하고 정리할지 간단히 훑어보며 계획을 세웠으니 이제 고인의 가족을 만날 차례다. 고인의 아들과 며느리가 집 앞에서 기다리고 있었다. 아들의 표정을 보니 아주 할 말이 많은 얼굴이다.

"통화할 때 말씀드린 것처럼 이미 타 업체를 통해 한 번 청소를 했습니다."

복잡해 보이는 그의 표정에 아무 말 않고 가만히 귀를 기울였다. 긴 이야기가 되리라는 예감이 들었다. 내 일은 현장을 수습하고 유품을 정리하고 폐기물을 처리하는 데서 그치지 않는다. 남겨진 사람들의 슬픔, 고통, 죄책감, 회한을 들어주고 위로해주는 것도 내 몫이다.

아픈 사람이 의사를 찾고 범죄 피해를 입은 사람이 경찰을 찾는 것과 같은 맥락이다. 고독사 현장에는 시신을 수습하는 사람, 경찰, 가족 그리고 마지막으로 내가 다녀간다. 현장 모습을 아는 사람 중 내가 가장 편하게 대할 수 있는 사람일 것이다. 속속들이 사연을 알게 되는 사람이기에 유족들은 내게 마음을 털어놓고 조금이나마 속을 풀어내려 한다.

"어릴 때 부모님께서 이혼하셨어요. 이후 아버지는 연락이 없으셨고 저도 사는 게 바빠서 아버지를 찾지 못했죠. 결혼하고 아이를 낳고 살다가 점점 쇠약해져가는 어머니를 보니 아버지 생각이 났습니다. 아이들 엄마도 아이들이 더 크기 전에 할아버지와 아이들을 만나게 해주고 싶어 했어요."

그러나 가까운 지구대를 찾은 아들은 "개인정보라 당사자 동의 없이는 연락처와 주소를 알려주기 어렵다"는 거절의 말을 들었다. 직접 연락해보고 당사자가 동의하면 알려준다고 했지만 아버지는 한사코 자신의 행방을 알리고 싶어 하지 않았다. 아들은 찾고 아버지는 숨는 숨바꼭질이 이어지는 동안 속절없이 4년이라는 시간이 흘렀다.

"법이 그렇다니 아무리 자식이라고 사정해봐도 아무 소용이 없었어요. 지구대에서 주민등록초본이라도 떼보라고 하더군요. 초본을 보니 마지막 동네가 여기였어요. 그런데 재개발 공사가 진행되는 곳이 많아서 주소가 불분명하더라고요. 그때부터 아이들 엄마랑 교대로 동네를 뒤지고 다녔죠. 정말 이 근방까지 다 찾아왔었는데……. 이제 곧 만날 수도 있었을 텐데⋯⋯."

"고생 많이 하셨네요."

"이상하게 몇 달 전부터 불안한 마음이 드는 거예요. 어머니가 올해 77세이신데 아버지는 더 연세가 많으시니까⋯⋯. 그런데 결국 이렇게 아버지가 돌아가신 후에야 찾아뵙게 됐네요."

참담하고 암담했다. 이미 떠나고 안 계신 아버지가 어떤 마음이셨을지 그도 나도 짐작할 수 있었기에 더할 위로의 말이 없었다.

충격, 무거운 죄책감 그리고 황망함에 정신을 차리지 못하는 와중에 집주인에게서 현장을 수습해달라는 연락을 받았고, 지인을 통해 이 동네에서 가까운 업체를 소개받았다.

유품정리 업체라고 하니 사고에 대해 솔직하게 이야기하고 믿고 맡겼다. 그런데 그 업체는 부패물을 먼저 치우지 않고 그대로 밟고 들어가 돈이 될 만한 물건을 먼저 들고 나와 차에 실었다. 처음부터 와서 지켜봤어야 했는데 뒤늦게 도착해 차에 짐이 절반 이상 실리고 나서야 행태를 보게 됐다고 한다. 먼저 도착한 아내가 그 모습을 보고 항의했더니 욕을 하면서 집 안에 있던 박스 안 짐을 쏟아내고 그 박스를 깔고 일을 하더란다. 집 밖으로는 부패물을 밟고 다닌 발자국이 선명했고 악취로 인해 이웃들의 민원이 발생했다.

"더 빨리 왔어야 하는데, 이렇게 보내드린 것도 정말 가슴에 사무치는데…… 아버지의 유해를 밟고 그 위에 박스를 깔고, 유품정리가 아니라 무슨 폐기물 처리하듯이……"

아들은 끝내 울먹거렸다. 집 안에 들어서기 전 고인에게 인사를 하고 양해를 구하고 먼저 유해 흔적을 정리하는 것은 내게 있어 상식이다. 어차피 장판은 걷어내 처리할 텐데 왜 유해의 흔적을 닦아내냐는 질문을 많이들 한다. 그건 화장을 하더라도 그 전에 고인의 몸을 깨끗이 목욕시켜드리고 염을 하는 것과 그 결이 비슷하다. 부패물은 피와 살로 이뤄진 고인의 신체이기 때문이다.

자신에게 이득이 된다면 법도 아무렇지도 않게 어기는 사람이 파다한 판에 도덕까지 바라기는 너무 어려운 걸까? 아직도 고독사 현장 정리에 대한 규정은 전무하고, 자격이 정해져 있지 않으니 일반 폐기물 업체도 유품정리를 한다. 모두가 그렇지는 않겠지만 대부분은 이 무서운 현장에서 빨리 벗어나고 싶어 한다. 돈이 되니 비위만 좀 좋으면 해볼 만하다고 생각하고 준비 없이 뛰어드는 것이다. 속이 답답했다.

이미 벌어진 일은 어쩔 수 없고, 아들은 이제나마 아버지의 마지막 길을 제대로 정리해드리고 싶어 했고, 조금 더 가까이 아버지를 느끼고 싶어 했다. 고인의 짐을 정리하다 보니 아들이 군대에 있을 무렵 보내려 했던 편지가 몇 장 나왔다. 그리움과 미안함, 걱정이 절절했다. 부치지 못한 편지였다.

"아버지의 사진이나 유품이 될 만한 것이 있다면 꼭 찾아서 제게 주세요."

흔치 않은 요청이었다. 편지가 나왔으니 전해야 할 텐데 내 마음은 착잡하기만 했다. 차라리 버리시지. 이 편지를 읽고 아들은 마음이 또 얼마나 무너질까. 안 그래도 죄책감과 원통함에 한참을 울었는데 유품을 받아들고 또 한 번 눈물을 쏟아낼 것이었다. 아들에게 짐이 되지 않으려 내내 꼭꼭 숨어 계셨는데 평생 잊지 못할 마음의 짐이 남겨졌다. 매년 이날, 아들은 얼마나 뼈아프게 후회하게 될지.

현장 정리가 모두 끝나고 마지막 인사를 드린 후 나와서
아들에게 유품을 전달했다.

"온 마음을 다해 정리했습니다. 너무 오랫동안 마음에 담
아두지 마세요. 아버님은 좋은 곳으로 가셨을 겁니다."

사람이 사람을 생각하는 마음이 모두 같을 수는 없다. 혹
여 같은 마음일지라도 행동은 정반대일 수 있고, 상대를 위한
배려가 상처나 깊은 후회를 남기기도 한다.

너무 늦게 도착한 진심에 얼마나 마음 아파해야 할까. 혹
시나 가족이 나를 미워할까 싶어서, 나를 불편해하거나 부담
스러워할까 봐, 짐이 되기 싫어서……. 그런 마음으로 관계를
끊고 피하기만 하다가 뒤늦게 서로를 그리워하는 마음을 확
인하게 됐으니 안타깝기 그지없다.

안 그래도 고통으로 가득한 세상. 기쁠 때나 슬플 때나, 좋
을 때나 나쁠 때나 손을 영영 놓지는 말자고 말할 수 있는 용
기가 절실하다.

보이지 않는
마음의 무게

8월 말, 아스팔트가 들끓을 정도로 더위가 기승을 부리는 한여름이었다. 고독사 현장은 시체가 부패하는 과정에서 발생하는 악취가 심해서 창문을 열어놓고 청소를 할 수가 없다. 그런 곳에서 짐을 빼고 정리하다 보면 여름에는 속옷까지 흠뻑 젖기 일쑤다. 한여름에 고독사 현장을 청소하고 나면 귓속에서까지 악취가 난다. 씻어도 씻어도 사라지지 않는 냄새 때문에 씻는 시간이 두 배는 족히 걸린다.

하지만 그날 내게 냄새보다 짙게 남은 건 고인의 절망과 남겨진 사람이 짊어지고 살아가야 할 상처의 무게였다.

청소를 의뢰한 사람은 고인의 아들로, 이제 고작 스무 살이었다. 장남이고 한 살 터울의 여동생이 있다고 했다. 고인은 이혼 후 혼자 아이들을 양육했고, 고등학교를 졸업한 후두 아이는 모두 취업을 해 독립했다.

고인은 덤프트럭 운전기사로 일했다. 회사 차를 운전하는 월급쟁이 기사였다. 일의 특성상 지방 출장이 잦았고 집을 자주 비워야만 했다. 어린 자녀는 아버지가 집을 비운 사이 서로를 의지하며 어린 시절을 견뎠다. 아버지는 아이들과 시간을 함께 보낼 수 없어 아쉬웠지만 세 식구가 살아가기 위해서는 돈이 필요했다. 어쩔 수 없는 선택이었다. 그로서는 그것이 최선이었다.

세월이 흘러 아이들도 독립했고 이제 아버지로서 할 도리도 다 했으니 한숨 돌리려나 싶은 찰나, 불운이 찾아왔다. 간경화였다. 침묵의 장기라는 간이지만, 의지를 가지고 치료를 하면 충분히 나을 수 있었다. 하지만 고인은 아이들을 무사히 키워냈으니 이미 자신의 소임을 다했다고 생각했다. 더는 아무 꿈을 꾸지 않았고, 병을 방치하고 술을 마셨다. 집 곳곳에

각혈 흔적이 남아 있었다. 몸이 이 지경인데도 음주를 멈추지 않았다. 이제 할 일을 다 했고, 더 살아봐야 좋을 일은 없다는 체념이 현장 곳곳에서 묻어났다.

갓 취업한 아이들에게는 부모를 돌아볼 여유가 없었다. 그렇지만 아버지의 몸과 마음이 이토록 망가졌으리라고는 상상도 하지 못했다. 통화를 할 때마다 아버지는 잘 있다고 했고, 아이들은 그렇게만 믿었다. 누구나 그럴 법한 일이다. 고인은 살기보다 죽기를 택했고, 아이들은 제 나름의 삶을 택했다. 누구도 탓할 수 없는 일이다.

고인은 임대아파트에 살았다. 자신의 병이 심각해져 결국 자식들에게 알려지고 아이들에게 짐이 되지는 않을까 걱정했다. 그래서 병이 자신의 몸을 완전히 잠식하기 전에 스스로 죽기로 결심했다.

집에 들어가니 화장실 문 손잡이에 줄이 매달려 있었다. 목을 매달았던 흔적이다. 그는 목을 맨 채로 화장실 문에 기대 한 잔 또 한 잔 술을 마셨다. 이렇게 의식이 멀어져가면 어느 순간 숨도 잦아든다. 스스로 삶을 놓는 선택 중 가장 힘들고 아픈 선택이 아닌가 생각한다. 살아야겠다, 살고 싶다는 생각이 정말 조금도 남아 있지 않을 때 하는 선택이기 때문이다.

아이들과 함께 사는 동안 발병했다면 고인은 살고자 하는 의지를 가졌을까? 병에 걸리지 않았다면 자신을 위한 새로운 삶을 꿈꿨을까? 술이 먼저였을까, 병이 먼저였을까?

보통 현장에서는 술병만큼이나 약봉지도 많이 발견된다. 하지만 고인의 집에는 치료의 흔적이 전혀 보이지 않았다. 죽어가는 몸에서 쏟아져나온 핏덩어리의 흔적만 남았을 뿐이다.

'너무 외롭다. 더 살 가치를 못 느낀다.'

고인이 유서에 남긴 말이다. 고인으로서는 두 아이를 성인으로 키워내는 것만이 삶의 유일한 목표이자 가치였다. 이제 더는 할 일이 없다고 생각했고 외로웠고, 갈 길이 구만리 같은 아이들 앞길에 걸림돌이 될까 봐 두려웠다.

'내가 죽고 나면 얼마 만에 발견될까? 1년? 아마 그보다 오래 걸릴지도 모르겠다.'

자신이 떠나고 난 뒤의 상황도 담담하게 예상했다. 아이들이 치를 장례비용을 걱정했고, 더 큰 도움을 주지 못한 것에 대한 용서를 적었으며, 사랑을 표현했다. 그렇게 간단한 유서를 남기고 그는 세상을 영영 등졌다.

우려와 달리 그는 2주 만에 발견됐다. 그가 생각했던 것만큼 긴 외로움은 아니었다. 고인의 나이 55세. 삶을 포기하고 죽음을 선택하기에는 아직 너무나도 이른 나이였다.

최윤의 소설《회색 눈사람》에는 떠난 이에 대한 내용이 담겨 있다. 아프게 떠난 사람은 그를 기억하는 모든 이의 가슴에 마치 상처와 같은 자그마한 빛을 남긴다고 말이다. 이 내용이 내 안에서 계속 맴돌았다. 아이들 마음에는 꺼지지 않는 작은 빛이 남았다. 고인이 그토록 아이들에게 지우기 싫어했던 짐은 상처가 되어 마음에 새겨졌다. 마음속에 지워지지 않고 영원히 남을 이 짐의 무게를 한 번만 헤아려봤다면 얼마나 좋았을까. 아이들이 서른이 되고, 다시 아이를 낳아 부모가 되고, 노인이 되는 동안에도 아버지의 죽음은 낫지 않고 덧나 끊임없이 아이들을 괴롭힐 것이다.

죽은 사람은 그걸로 끝이지만 남겨진 사람에게는 그때부터 새로운 고통이 시작된다. 사느냐, 죽느냐는 온전히 자신의 선택으로만 여겨지겠지만 그렇지가 않다. 남겨진 사람에 대한 책임과 도리도 잊어서는 안 된다. 내가 세상에 태어나게 한 아이들이 있는 한 선택에 대한 완전한 자유는 없다.

한낱 인간인 내가 할 수 있는 일은 오늘도 바람과 기도뿐이다. 함께했던 좋은 추억만 또렷해지고 남은 상처는 희미해지기를. 상처에 무뎌질 날이 빨리 오기를. 죽음 이후의 세계는 알 수 없으니 남은 사람들을 위한 기도를 할 따름이다.

갑자기
찾아온 이별

"괜찮다는 말을 믿지 말아야 했을까요. 전 아직 젊으니까 조금 힘들더라도 독립하지 말고 아버지와 함께 살았어야 했을까요. 바쁘더라도 잊지 말고 매일 전화를 드렸어야 했을까요. 조금만 더 빨리, 단 하루라도 일찍 찾아뵈었어야 했는데……."

고인의 딸은 말하는 내내 울면서 횡설수설했다. 그 목소리에 후회와 죄책감이 가득 담겨 있었다.

11월 초 한참 날이 추워지기 시작할 무렵에 젊은 여자의 의뢰를 받았다. 아버지가 돌아가셨다고 했다. 서울에서 한참 달려야 도착할 수 있는 울산이었다. 전날 출발해 근처 숙소에서 일박을 하고 다음 날 현장을 방문했다.

　　의뢰인보다 일찍 도착해 집을 둘러보는데 강아지 사체가 안 보였다. 통화할 때 키우던 강아지도 같이 죽어 있었다는 말이 마음에 걸려 가장 먼저 찾아보던 중이었다. 그때 고인의 딸이 남자친구와 함께 현장에 도착했다. 강아지는 따로 장례를 치러줬다고 했다.

　　사고는 화장실에서 발생한 것으로 보였다. 오래 목욕을 하고 나오다가 혹은 볼일을 보고 나오다가 쓰러지는 사고가 종종 발생한다. 같이 사는 사람이 있으면 금방 도움을 받아 별 탈 없이 일상으로 돌아가지만, 혼자 살면 때를 놓쳐 안타깝게 죽음을 맞이하곤 한다. 어느 날 갑자기 발생하는 사고이고 누구에게나 일어날 수 있는 일이지만, 혼자 사는 탓에 즉시 발견되지 않아 고독사로 분류되는 것이다.

　　집에는 딸이 아버지와 함께 살았던 흔적이 군데군데 남아 있었다. 취직한 후 출퇴근 거리가 멀어서 직장 근처에서 자취를 하게 됐다고 했다. 그래도 한 달에 한두 번쯤은 아버지가 계신 본가에 다녀갔다고 했다.

고독사 현장은 보통 고인의 물건으로 가득하지만, 이번에는 죽은 사람과 살아 있는 사람의 짐을 모두 정리해야 했다. 시취가 가득한 물건은 다시 사용할 수 없기 때문에 현장의 모든 물건은 폐기 처리한다. 산 사람의 물건이라도 달라질 것은 없다. 그럼에도 그런 물건을 처리하자면 마음 한구석이 편치 않다. 바쁜 생활 탓에 그냥 남겨졌지만 그래도 버리지 않고 보관하고자 했던 의미 있는 물건이었을 것이다. 가끔 이곳에 왔을 때 꺼내 보고 싶었던 것들 말이다. 그렇지만 이제 그 의미마저 버려져야 할 상황이라 마음이 쓰일 수밖에 없었다.

여느 고독사 현장과 다를 바 없이 화장실에 잔뜩 깔린 이불부터 치우기 시작했다. 변기 앞에 부패물이 가득했다. 정확한 사인은 알 수 없었다. 고인의 나이 58세. 100세 시대인 요즘에는 아직 한창때. 고인은 딸아이가 독립한 후 홀로 강아지를 키우고 일하며 살아가던 평범한 아저씨였다.

딸 사진을 방 한편에 여러 장 놓아둔 아버지. 아이는 28세였다. 20대 중반에 백화점에 취직해서 이제야 업무가 익숙해진 상황이었다. 물건을 정리하던 중에 딸의 수첩을 발견했다.

스스로 자존감 깎지 말기.

고객에게 친절하게 응대하기.

아빠와 밥 먹기.

강아지 산책시키기.

취직 초창기에 써놓은 메모였나 보다. 과거의 노력과 열정 한 자락이 담긴 물건. 그렇지만 버려야 했다. 두고두고 보려고 남겨둔 수첩이었을 텐데……. 누가 들을까 얼른 고개를 흔들고 내쉬던 한숨을 거뒀다.

아버지가 죽음 후 방치된 기간은 일주일 남짓. 남의 일이라고 "매일 연락 드렸어야 하지 않느냐"고 잔소리를 하는 사람들이 있다. 하지만 아버지가 78세, 88세도 아니고 이제 58세였다. 아직 젊으셨고 얼마 전에 뵀을 때도 잘 지내고 계셨다. 지병도 없고 일선에서 물러난 상태도 아니었다. 그러니 매일같이 안부를 챙겨야 하는 상황이라고 보기는 어려웠다.

28세. 아직 누군가를 챙기고 책임지기에는 어린 나이이다. 아이를 낳고 부모가 된 자식들도 명절에나 부모님을 찾아뵙는다. 아직 서른도 안 되었으니 자기 삶을 개척하기에도 벅찬 시기다. 친구도 만나고 싶고, 연애도 하고 싶고, 여행도 가고 싶고. 하고 싶은 게 한참 많은 때다. 취직한 후 처음에는 업무에 치이고 사람에 치여 잘 시간도 부족할 정도로 스트레스가 컸다고 한다. 그래서 출퇴근 시간이라도 좀 줄여보고자 독립을 했고 이제야 직장생활에 익숙해지기 시작했다.

이제 한숨 돌렸으니 다시 같이 살아도 되지 않을까, 아버지와 상의했었다. 아버지는 이제 와서 왜 다시 장거리 출퇴근을 하냐며 거절했다.

"내가 아직 젊고 일도 하고 있지 않느냐. 나는 혼자 있어도 너무 편하다. 아버지 걱정은 하지 마라."

누가 봐도 맞는 말씀이었다. 이제야 여유가 생기고 자리를 잡아가던 시점, 불운은 소리 없이 찾아왔다. 상상조차 못 했던 사고였다.

아버지의 임종을 지켜보지도 못했을뿐더러 죽음조차 뒤늦게 알았다는 죄책감이 무겁게 파도처럼 밀려왔다. 아버지의 죽음이 슬픔으로 다가오기보다 지켜드리지 못했다는 후회가 까맣게 밀려와 공포가 되었다. 그리고 키우던 강아지까지 죽어 있었다. 아무것도 모르고 편안히 있던 단 며칠 사이

에 사랑하는 가족을 둘이나 잃었다. 무거운 마음으로 딸에게
위로의 말을 건넸다.

"이번 일은 사고였습니다. 누구에게나 일어날 수 있는 사
고예요. 죄책감 가질 필요 없습니다. 너무 자책하지 마세요."

고독사는 사회적인 문제고, 예방하기 어려운 사고다. 가족
과 함께 산다고 해도 24시간 함께할 수는 없기에 돌연사는
더더욱 예방하기 어렵다. 후회는 남을지언정 냉정히 말해 자
책할 이유는 없거늘 남겨진 사람 마음은 그렇지가 않다.

먼저 떠난 사람은 남은 이에게 무엇을 남겨주고 싶었을까.
떠난 자는 말이 없으니 물어볼 수 없지만, 자책과 후회로 가
득한 시간은 확실히 아닐 것이다.

불행한 사고의 흔적을 모두 지우고, 이제는 사용할 수 없
게 된 물건들을 모두 치웠지만 아이 마음에 남은 흔적과 상처
는 내가 지워줄 수 없었다. 누구에게나 공평하게 흐르는 시간
이 고인의 딸에게만은 빠르게 흐르기를 바랐다. 시간만이 치
료할 수 있는 상처가 어서 아물기를, 너무 큰 흉터로 남지 않
기를.

여전히 사랑해,
엄마

어느 정도 나이가 들면 아이는 독립을 한다. 학업을 위해, 직장생활을 위해, 새로운 가정을 꾸려서……. 당연하고도 자연스러운 일이다. 언제까지나 한집에서 살아갈 수는 없는 노릇이니. 하지만 아이를 다 키워내고 혼자 남아 빈 둥지를 지키는 부모의 마음은 허하고 외로울 수밖에 없다. 더운 날씨에도 시시때때로 마음속에 찬바람이 횡횡 소리를 내며 지나간다.

지난여름, 고인의 딸에게서 연락이 왔다. 엄마가 혼자 사시다가 돌아가셨고 꽤 오래 방치되어 특수청소가 필요한 상황이라고 했다.

찾아간 곳은 성남에 위치한 다가구주택 반지하. 아무리 반지하라고 해도 불을 끄면 코앞의 내 손조차 제대로 보이지 않을 정도로 집이 컴컴했다.

중장년층 여성의 고독사 현장에는 늘 짐이 많다. 냉장고 두 대에 김치냉장고까지……. 혼자 살지만 혼자만의 살림은 아니었다. 자식들이 오면 챙겨주고, 철마다 음식을 만들어 바리바리 보내려니 냉장고 안에도 식재료가 그득했다. 그 외에 생활에 필요한 자잘한 물건도 수납장에 꽉 차 있었다. 냉장고 옆에 빼곡하게 끼워져 있는 검정 비닐봉투도 여느 어머니의 집과 다르지 않았다.

고장 난 에어컨은 힘없이 미지근한 바람을 내뿜고 있었고, 한여름인데도 보일러가 켜져 있었다. 더운 날에 보일러까지 켜져 있어서 온 집 안에 파리 번데기가 검은 쌀알처럼 퍼져 있었다. 지자체에서 IoT를 설치해둔 집이었다. 사람의 움직임이 감지되지 않으면 복지사가 방문해 직접 확인하고 돕는다는 취지로 보급된 장치였다. 그런데 고인이 쓰러졌는데도 기계는 별다른 신호를 보내지 않았다. 실외기 팬의 움직임을 사람의 움직임으로 감지했기 때문이었다. 기계가 있어서 오히려 시신이 더 오래 방치된 경우였다. 지자체의 노력을 알면서도 무용한 기계를 보고 있자니 안타까운 마음이 앞섰다.

현장에 삼남매가 찾아왔다. 막내아들이 먼저 입을 열었다.

"전에 선생님 책을 읽었거든요. 그때만 해도 남의 일인 줄로만 알았는데……. 저희한테 이런 일이 생기고 보니 선생님 생각이 제일 먼저 나더라고요. 보시다시피 집 광경이 처참해서 직접 유품정리를 할 수가 없어서 연락 드렸어요."

당연히 그럴 것이다. 수천 마리 구더기가 기어다니고 한 걸음 디딜 때마다 버석거리는 번데기와 이미 성충이 되어 날아다니는 수백 마리의 파리를 차치하더라도 생전 맡아본 적 없는 시취는 아무리 자식이라고 해도 일반인이 참아내기 어려운 부분이다.

"제가 들어가서 소독을 하고 고인의 마지막 흔적을 정리한 후에 들어오시면 될 것 같습니다."

아직 오전인데도 땀이 줄줄 흐르는 더운 날씨다. 이런 날 남매를 밖에 오래 세워두는 것이 마음에 걸려 부랴부랴 정리를 했다. 고인은 생전에 당뇨병을 앓고 있었는데 몸에 절대적으로 해로운데도 계속 술을 찾았다고 했다.

"엄마, 요즘도 술 마시고 그런 거 아니지? 몸에 안 좋으니까 정말 마시면 안 돼."

"그럼. 내가 무슨 술을 마신다고 그러니. 걱정하지 마라."

모두 독립해서 따로 사는 자녀들은 술을 안 마신다는 어머니 말을 믿었다. 하지만 집 입구에서부터 빈 술병이 가득 쌓여 있었다. 종류도 다양한 술병이 곳곳에서 발견되었다. 마시다 남은 소주도 있었고, 아껴 마신 듯한 양주도 있었다.

사인은 저혈당쇼크로 추정됐다. 주방 겸 거실에서 사고가 발생했고 곁에 아무도 없던 고인은 도움을 받지 못하고 그대로 사망했다.

일찍이 아버지가 돌아가시고 어머니가 홀로 삼남매를 키웠다고 했다. 성인이 된 자녀들이 다 독립해 떠나고 고인 홀로 이 반지하에 다시 정착했다.

고인의 자취만 우선 치워둔 집에 들어선 남매는 울음부터 터뜨렸다. 집 가장 잘 보이는 곳에 자녀들의 사진이 놓여 있었다. 큰딸의 아이들에게서 받은 생일축하 편지, 어버이날 받은 카네이션이 곱게 보관돼 있었다. 남매는 술병을 보고 울고, 자신들이 언젠가 준 카네이션을 보고 울고 냉장고 안을 보고도 울었다. 시선이 닿는 모든 곳을 보고 사무치게 울었다. 추억을 공유하며 서로를 울렸다.

　편히 유품을 찾을 수 있도록 잠시 밖으로 나왔다. 나도 모르게 깊은 한숨이 나왔다. 어머니는 아직 환갑도 안 된 나이였다. 자식들은 다 장성했지만 그래도 젊디젊은 나이다. 자식들이 어머니 걱정을 안 한 게 아니라 잘 지내시리라 믿었던 것이리라. 막내아들은 아직 20대 초반, 큰딸은 30대 중반이었다. 누구를 살뜰히 돌볼 여력이 아직 없을 때다. 집 곳곳에 놓인 손주들의 흔적으로 보아 왕래도 자주 하고 연락도 수시로 한 것 같았다.

　그런데 잠깐 서로가 바쁜 한 시기 그 타이밍에 안타깝게 불운이 찾아왔고 돌이킬 수 없는 일이 되어버렸다. 이미 자식들은 후회를 하며 스스로를 상처 내고 있을 터였다. 평생 내려놓지 못할 그 마음의 짐이 짐작돼 내 마음까지 무거워졌다.

어머니는 자식들의 빈자리에 찾아온 외로움을 술로 채우다가 돌아가셨다. 이제 자식들은 그와는 다른 외로움을 견뎌야 한다. 엄마를 보고 싶어도 다시는 볼 수 없다는 외로움을 말이다. 찾아갈 엄마 집이 없고 엄마 목소리도 들을 수 없다. 언제나 강하고, 언제나 씩씩했던 엄마는 이제 닿을 수 없는 곳으로 떠나버렸다. 고인은 그토록 소중했던 아이들의 마음에 그리움과 함께 그보다 더 큰 죄책감을 남기고 말았다.

행여 아픈 몸 때문에 짐이 될까 조심스러웠던 마음도, 긴긴날 쓸쓸함을 이겨내려 마신 술도, 연락하면 혹여나 부담이 될까 아이들의 흔적만 바라보던 아픈 배려도 내 눈에는 다 보였다.

떠난 고인도, 남겨진 자식도 생각하면 숨이 턱 막힐 듯이 안타까웠다. 누구도 그 끝을 장담할 수 없다. 그러니 사랑하는 사람이 생각나면 미루지 말고 그때그때 마음을 전할 일이다. 잘 있겠지 무턱대고 믿지 말고, 자주 연락하면 번거롭겠지 눈치 보지 말고.

누구의 죄가
더 큰가

길어봐야 100년. 먹고사느라 허비하고 잠자는 시간까지 빼고 나면 웃으며 살기에도 바쁜 생이다. 행복하기에도 부족한 시간이다. 그런데 그 아까운 시간에 기어코 울 일을 만들고 아플 일을 만들어낸다. 안타까운 사건을 가까운 거리에서 지켜보다 보면, 인간의 삶이란 참 허망하다는 생각이 자주 든다.

2018년에 다녀왔던 현장이다. 폭력을 일삼는 배우자를 살해한 사건 현장을 정리해달라는 의뢰였다. 피해자는 남편이었고 피의자는 아내였다. 현장에서 아들을 마주쳤다. 아버지는 죽었고 어머니는 재판을 기다리는 중이었다. 아들은 슬픔이 가득한 얼굴로 내게 인사하고 문을 열어주었다.

간단한 인사만 하고 넘어갈 줄 알았는데, 이야기가 계속 이어졌다. 답답한 마음에 어디에라도 털어놓고 싶었던 모양이다. 한순간에 벌어진 사건이었지만 그 뒤에는 길고 긴 가정폭력이 있었다.

"어머니는 수십 년간 아버지의 폭력 속에서 살았어요. 저도 가정폭력의 피해자죠."

뉴스로 알려진 내용보다 더 긴 시간에 걸쳐 이뤄진 횡포였다. 폭력은 하루도 빠짐없이 행사됐고 딱 죽지 않을 만큼에서 멈췄다. 몸 어디 한군데 성할 날이 없었다. 그러다 10년 전 아버지가 뇌병변 증상으로 쓰러져 거동이 불편해졌다. 고령이 되어도 멈추지 않는 폭력과 함께 간병까지 시작됐다. 10년의 모진 세월 끝에 아버지는 80대가, 어머니는 70대가 되었다. 아들은 그런 어머니를 끝까지 돕지 않고 도망갔고 방관했다고 울먹거렸다.

"아버지가 너무 무서웠어요. 지옥에서 어서 벗어나고 싶었어요. 그래서 그 지옥에 어머닐 혼자 남겨두고 도망치고 말았어요."

폭력이 계속 이어진다는 걸 알았지만 지옥에 다시 발을 들일 용기는 없었다. 부딪혀서 싸우고 어머니를 구했어야 했지만 그러지를 못했다.

사건 당일에도 어머니는 다른 날과 다름없이 맞아야만 했다. 간병하는 게 마음에 들지 않는다는 이유였다. 아버지는 어머니를 지팡이로 사정없이 때리기 시작했다. 아물지도 않은 상처가 터지고 덧나기를 반복해서 어머니의 온몸은 원래 피부색이 뭐였는지 모르겠을 정도로 새파랬다.

자식들은 모두 독립했으니 이제 제 할 도리는 다 마쳤다고 생각한 어머니는 파도처럼 밀려오는 억울함과 원망에 속수무책으로 점령당했다. 주방으로 달려가 흉기를 들고 나왔다. 그리고 수차례 휘둘렀다.

죽이려고 했던 건지, 죽을 줄은 몰랐던 건지, 죽일 생각은 없었던 건지와는 상관없이 남편의 커다란 몸이 잠시 잠깐 부르르 떨리더니 이내 숨을 거뒀다.

어머니는 세 시간이 넘도록 숨진 남편을 지켜봤다. 그 세 시간 동안 대체 무슨 생각을 했을까. 이제야 지옥이 끝났다고 생각했을까. 아니면 남편이 살아날까 봐 두려워 자리를 떠날 수 없었던 걸까. 지나간 세월이 하나하나 어머니의 눈앞을 스쳐 갔을까.

어머니는 곧 자수했다. 아버지의 멎은 숨을 되돌릴 길은 없었고, 어머니는 살인사건의 가해자가 되었다.

자식들을 다 키우고 어느덧 할머니가 되었다. 편안한 시간보다 아프고 고통스러운 시간이 더 길었다. 이러다 정말 맞아죽겠구나 싶었고 살고 싶었다. 두려움 없이, 아픔 없이, 고통 없이 단 하루라도 편하게 살고 싶었다. 수많은 흉터와 참담한 기억을 지울 수는 없겠지만 그래도 남은 생은 다르게 살고 싶었다.

그때 수많은 생각이 스쳤다. 그 가운데 남편을 죽이고자 하는 생각이 있었는지 없었는지는 기억나지 않는다. 그냥 내일은 맞기 싫다는 생각뿐이었다. 그래서 휘둘렀다. 처음이자 마지막으로 시도한 반격이었다.

사람이 사람을 죽이는 건 범죄다. 어떤 이유도 그 죄를 희석시킬 수 없고, 벌을 피할 수 없다. 그러나 자식들은 그렇게 생각할 수 없었다. 기억이 닿는 모든 순간에 어머니는 끔찍한 고통 속에서 살았고, 자식들은 그것을 지켜보기만 했으며, 그들 또한 폭력의 희생자로 살아왔다.

"아버지는 정말 나쁜 사람이었습니다."

이 한마디 속에 담긴 그의 복잡다단한 심사와 의미가 내게 한꺼번에 쏟아져 들어왔다. 어머니는 자신이 집을 떠나면 자식들이 더 다칠까 싶어 피할 수도 도망갈 수도 없었다. 그런데 자식들은 그런 어머니를 등지고 도망쳤다. 오랜 시간 폭력에 노출되다 보면 그에 맞설 의지나 용기가 상실되기 마련이다. 자식들은 이제 다 성장해 아버지보다 덩치도, 힘도 더 세졌지만 여전히 아버지 앞에만 서면 폭력 앞에 속수무책이었던 어린아이가 되어버렸다.

"어머니는 정말 불쌍한 사람입니다. 그래서 탄원서를 내고 왔습니다."

비록 법은 잘 모르지만 자식 된 마음은 알겠다. 세상을 살아가는 사람이라면 모두 알 것이다. 누구 죄가 더 클까. 누구 삶이 더 애달플까. 이렇게 가슴이 무너지는 날에는 부질없는 저울질을 해본다.

네 사람 몫의 인생을
짊어진 삶

마흔여섯. 사회에서 활발히 활동하고, 얼마든지 새로운 꿈을 꿀 수 있는 나이이다. 그 창창한 나이에 고독사로 세상을 떠난 이가 있다는 연락을 받았다.

고인에게는 나이 차가 많이 나는 동생이 셋 있다고 했다. 20대 초반의 그들끼리 고인의 공간을 정리할 여력이 없어 도움을 청하게 되었다고 했다. 거절할 이유가 없었다. 내가 처음 이 일을 시작한 것도 홀로 세상을 떠난 고인들의 마음을 위로하고, 그들을 떠나보내고 슬픔에 잠겨 있는 남은 사람들을 돕기 위해서였다. 도움이 되고 싶다는 마음으로 장비를 챙겨서 현장으로 향했다.

중년 여성의 고독사는 흔치 않은 일이다. 통계적으로 고독사 비율을 따져봐도 남성이 80% 이상을 차지한다. 똑같이 혼자 살아간다고 해도 여자가 남자보다 스스로를 더 잘 돌본다. 큰 사고가 날 확률도 여자 쪽이 더 적다. 설령 사고가 발생한다고 해도 평소에 이웃과 비교적 가까이 교류하고 주변 사람들과도 자주 연락하고 지내기에 대부분 수일 만에 발견된다. 그래서 현장의 참혹함도 남자의 고독사보다는 덜한 편이다.

현장에 도착하여 현관에 들어섰다. 고인은 주방 겸 거실에서 생을 마감한 듯했다. 부패물의 흔적을 보니 오랜 기간 방치된 것 같진 않았다.

작업을 시작하고 한동안은 '고인이 내내 혼자 살다가 이런 일을 겪었구나' 싶었다. 누군가 같이 살고 있었다면 나가고 들어올 때 훤히 보이는 공간에 시신이 방치되어 있을 수는 없을 것 같았다. 하지만 잠시 휴식을 취하던 중에 우연히 만난 이웃의 이야기는 내 생각과는 다소 달랐다. 고인이 이 집에서 남동생과 함께 살았다는 것이었다. 의아한 마음에 더 내밀한 이야기를 들어보았다.

"얼마나 조용하고 성실했는데…… 정말 아깝다, 아까워."

"마주칠 때면 꼬박꼬박 인사를 했지. 참 참했어."

"오래 사귄 애인도 있었지, 아마."

여자는 조용하고 성실한 사람이었다. 이웃 어른들에게도 평판이 좋았다. 여자를 기억하는 사람들은 그녀가 마주칠 때마다 인사를 잘하는 참한 사람이었다고 입을 모았다. 그리고 여자에게는 결혼을 전제로 진지하게 만남을 이어가는 상대도 있었다. 두 사람은 제법 오랫동안 교제하며 미래의 꿈을 함께 키워나갔다.

이처럼 든든한 연인도 있고, 이웃과의 관계도 좋고, 함께 사는 가족까지 있는데 여자는 왜 고독사를 한 걸까?

여자의 가족사에 많은 일이 있었던 모양이다. 오래전, 막냇동생을 낳고서 여자의 엄마는 극심한 산후우울증에 시달렸다고 한다. 출산 후에 그토록 극심하게 병에 시달릴 줄 누가 알았을까. 여자의 엄마는 우울과 불안을 겪던 중에 스스로 목숨을 끊었다. 그렇게 배우자를 잃고 세상에 남겨진 아버지에게도 그때부터 우울증이 시작되었다. 그리고 증세가 심각해져서 요양원에 들어갈 수밖에 없었다.

장녀였던 여자는 그 후로 동생 셋을 홀로 키워냈다. 하루도 쉬지 않고 성실하게 일해서 동생들을 공부시키고, 먹이고, 재우고, 보살폈다. 그렇게 동생들이 성인이 되고, 이내 막내까지 취업을 해 한시름 놓으려는 찰나에 또 집안에 먹구름이 드리웠다.

둘째이자 장남이었던 동생의 우울증이 조현병으로 이어진 것이다. 여자와 함께 살던 동생이 바로 이 남동생이다. 이웃들은 남동생의 모습 또한 똑똑히 기억하고 있었다. 한여름에도 두툼하고 긴 롱패딩을 입고 다녔고, 누군가 말이라도 붙여보려고 하면 폭언을 쏟아내기 일쑤였다고 한다. 그마저도 자주 보기는 어려웠다. 그는 대부분 집 안에서만 시간을 보냈고 한 달에 한두 번 정도 잠깐 모습을 드러냈다.

그래도 그 역시 성인이었다. 남동생이 혼자 살아갈 수 있으리라 판단을 한 여자는 몇 달 전, 오랫동안 만나온 연인과 결혼을 결심하고 살림을 합치려고 짐을 챙겨서 떠났다. 단꿈을 꾼 것도 잠시, 안타깝게도 여자는 얼마 뒤에 그 짐을 고스란히 들고 다시 이곳으로 돌아올 수밖에 없었다. 결혼을 앞두고 시댁에서 동생의 조현병을 알게 된 탓이었다. 여자는 그로 인해 일방적으로 파혼을 당했다.

다시 이 집으로 돌아와서는 잘 마시지도 못하는 술로 며칠을 보냈다. 아무래도 크게 상심했던 것 같다. 왜 아니겠는가. 감히 그 마음을 짐작하기도 어렵다.

사고가 났던 날에도 여자는 술에 잔뜩 취해서 공원에 쓰러져 있었다. 얼마나 술을 마셨던지 신고를 받고 출동한 경찰의 도움으로 겨우 귀가했다. 고인은 거실에 쓰러지다시피 잠들었고 끝내 깨어나지 못했다. 동생은 누나가 죽은 것을 오래도록 몰랐다. 벌레가 생기고 시취가 집 안에 진동할 때까지도 그랬다.

내가 현장에 도착했을 때는 이미 구더기가 번데기가 되어 있었다. 열흘은 족히 넘었다는 의미였다. 그 긴 시간 동안 고인의 죽음은 외로이 방치되어 있었다.

젊음을 다 바쳐서 동생들을 책임졌던 누나였고, 가장이었다. 동생들은 무슨 이유로 이토록 고맙고 소중한 가족을 살피지 못했던 걸까.

셋째와 넷째는 조현병을 앓는 둘째를 마주하기 힘들어서

집에 잘 찾아오지 못했을 수 있다. 고인의 파혼 소식도 몰랐을 확률이 높다.

그렇다면 함께 지내던 둘째에게는 어떤 사정이 있었던 걸까. 조현병을 앓는 스스로를 돌보기에도 버거웠던 걸까? 그가 고인의 곁에 없었던 이유는 무엇일까? 일종의 외면이었을 수도 있다. 처음에는 마음을 다친 누나를 배려한 것일 수도 있다. 미안해서 오히려 알은척을 못했을지도 모른다. 누나가 죽었다는 것을 인지했을 때는 혼란과 두려움에 곧바로 상황을 수습하지 못하고 회피했을 수도 있다.

가족의 사정은 저마다 다르고, 가족 간의 관계도 가지각색이다. 현장에서 아무리 내밀한 사정을 듣고 본다고 해도 타인의 이야기를 온전히 알 수는 없다. 여자에게 여자의 상황이 있었던 것처럼 남동생에게도 그만의 상황이 있었으리라 짐작해볼 뿐이다.

둘째는 뒤늦게나마 경찰에 신고해 누나의 죽음을 알렸고, 자신을 정신병원에 입원시켜달라고 요청했다. 신고 당일 그는 바람대로 정신병원에 입원하게 되었다.

불운은 귀가 밝다고 하더니 한평생 홀로 애써온 여자의 삶을, 여자의 고단함을 이토록 아쉽게도 거둬가버렸다.

나 하나도 감당하기 힘든 세상이다. 넘어지고, 깨지고, 잃고, 실패하기를 반복하며 살아가는 현실 속에서 셋이나 되는 동생을 지탱해온 그녀가 새삼 큰 사람처럼 느껴졌다.

삶의 무게에 자주 짓눌리고, 현실의 벽 앞에 수없이 좌절했을지도 모르는 고인에게 전하고픈 말이 입가에 맴돌았다.

"이토록 힘겹기만 한 세상이라 미안합니다. 다른 사람에 대한 걱정이나 염려 없이 그저 편히 쉬세요."

고인을 생각하며 깊이 묵례를 하고 현장을 나섰다. 귀갓길에 문득 하늘을 올려다보았다. 저무는 태양이 온 세상을 붉게도 달구고 있었다. 그렇게 하루가 저물어갔다.

행복한 너를
용서할 수 없어서

"이혼한 아내를 자신의 집에서 살해한 50대 남성이 1심에서 징역 25년을 선고받았습니다."

뉴스를 듣다 보니 문득 한 사건이 떠올랐다. 범죄피해자 지원의 일환으로 현장 정리를 위해 여수의 한 아파트를 찾았었다. 2015년이었으니 벌써 상당한 시간이 흘렀다. 정리를 하던 중에 살해 도구로 이용했던 칼을 직접 찾았고, 그래서 더 오래도록 기억에 남았다.

살인사건의 피의자는 남편이었다. 피의자와 피해자는 부부였는데 사이가 좋지 않았다. 매일 싸움이 끊이지 않았고 둘은 서서히 지쳐갔다. 결국 부인이 먼저 관계정리를 요구했고 남편도 제안을 받아들였다. 둘 사이에는 아이가 없었고, 그 즉시 별거에 들어갔다.

문제는 별거 이후였다. 남편의 스토킹이 시작된 것이다. 부인은 별거하고 나서 얼마 후 남자친구가 생겼고 둘은 동거를 했다. 둘 다 40대 초반이었기에 아직 젊은 나이였다. 부인은 이혼을 위한 정해진 수순으로 별거를 한다고 생각했고, 마음 맞는 사람이 나타나자 연애를 했다. 남편은 부인의 일거수일투족을 집요하게 감시하기 시작했다.

부인은 행복해 보였다. 남자친구와 캠핑과 여행을 자주 다녔고, 얼굴에는 웃음꽃이 피었다. 자신과 살 때는 늘 어둡고 찡그린 표정만 보여주더니 다른 사람 같았다. 남편은 자신과 헤어진 후 오히려 행복해 보이는 부인을 점점 증오하기 시작했다. 시시때때로 전화나 문자로 욕설을 했고 원망을 표현했다. 그렇다고 해서 바뀔 것은 전혀 없었다.

남편의 과대망상은 점점 심각해져만 갔다. 그리고 돌이킬 수 없는 그날이 찾아왔다. 부인이 남자친구와 동거하고 있는 집으로 찾아가 부인에게 전화를 걸었다. 문 앞에 있다는 말에 부인은 문을 열고 나갔다. 남편은 무표정하게 마음에도 없는 말을 했다. 깨끗하게 이혼해주겠다, 새로 사귄 남자친구에게도 그동안의 일을 사과하고 싶다, 나는 먼 곳으로 떠날 거다, 떠나기 전에 얼굴 보고 제대로 인사하고 싶다……. 이런 이야기를 듣고 부인은 남자친구에게 내용을 전달하기 위해 문을 열고 집으로 들어가려 했다. 남편은 막무가내로 부인을 따라 집 안으로 들어왔다.

집에 들어온 남편은 이내 돌변해 미리 준비해 온 흉기로 부인을 살해했고, 같은 흉기로 남자친구도 찔렀다. 그리고 자신 또한 자살하려고 손목과 복부를 자해했다. 세 사람 모두 병원으로 옮겨졌지만 부인은 병원에 도착하기도 전에 이미 사망했고, 남편은 중태에 빠졌다가 곧 부인을 따라 사망했다. 남자친구는 위중한 상태였다.

흉악하기 그지없는 사건이었다. 사랑 때문도 아니고, 그저 집착과 자격지심의 결과물이라고밖에는 생각되지 않았다. 나중에 알고 보니 남편과 부인의 새 남자친구는 과거에 같은 택시회사에 근무했던 사이라고 한다.

사건 현장에는 혈흔이 낭자했다. 남자친구에게는 아이가 있었는지, 곳곳에서 아이 물건이 발견됐다. 어른들의 잘못으로 아이 역시 힘든 시간을 보내게 됐다.

이곳저곳으로 튄 혈흔을 닦고 있는데 사건이 일어난 곳이 아닌 전혀 다른 방에서 혈흔이 발견됐다. 벽면을 가로질러 튀어 있는 혈흔의 방향은 장롱을 가리키고 있었다. 의구심을 품으며 의자를 찾아 밟고 올라가 장롱 위를 살폈다. 바로 그곳에서 살해 도구로 사용했을 법한 흉기가 나왔다. 장갑을 낀 상태였기에 조심스럽게 흉기를 들고 내려와 서둘러 범죄피해자지원 전담 경찰관에게 연락했다. 경찰관은 사정을 듣고 바로 담당 형사에게 내용을 전달했다. 담당 강력계 형사는 나와 통화하고는 현장으로 부랴부랴 달려왔다.

"피의자까지 모두 사망한 상태라서 살해 도구를 증거로 제출하고 사건을 종결해야 하는데 증거를 찾지 못해 난감한 상황이었어요. 어떻게 찾았습니까? 족적을 샅샅이 살폈지만 흉기는 찾을 수가 없었는데."

그는 내가 어떻게 살해 도구를 찾았는지 재차 묻고 감사를 표했다. 정확히 어떤 상황인지 가늠이 되진 않았지만 형사가 그렇게 말하니 얼떨떨했던 기억이 선명하다. 그렇게 사건은 공소권 없음으로 종결될 수 있었다.

그때나 지금이나 상황은 별반 나아진 것이 없다. 오히려 더 심각해지고 있다. 날마다 새로운 사건이 인터넷 포털 사이트 뉴스 란을 차지한다. 사람이 사람을 스토킹하고 무자비하게 살인을 저지른다. 어른 아이 할 것 없이 생명을 경시하고 참혹한 범죄를 저지른다. 어떤 이유로도 용서받을 수 없고 평생 참회해야 마땅한 범죄다.

스스로 극단적인 선택을 하고, 삶의 의지를 놓은 채 죽은 사람처럼 살아가고, 사람이 사람을 죽이는 현장을 매일 정리하다 보면, 전쟁터 한복판에 서 있는 것 같은 기분이 들곤 한다. 나라끼리 벌이는 전쟁만 전쟁이라고 할 수 있을까? 우린 이미 하루하루를 격렬한 전쟁통 속에서 살아가고 있는 것 아닐까.

예전 미인대회 당선 소감으로는 "세계평화"라는 말이 종종 나왔다. 이제 와 생각하니, 그건 사실 전쟁 아닌 전쟁 속에서 매일을 살아가는 모든 인류에게 진정으로 필요한 것이 아니었을까 싶다.

　나도 진심으로 기원한다. 세계평화를. 그리고 마음의 평화를. 그리하여 결국에는 내 직업이 사라지는 날이 오기를 바라 마지 않는다.

꼭 버리고 싶은
사진

'생때같은 내 새끼'라는 표현이 있다. 매우 귀하고 소중한 자식이라는 뜻이다. 열 달을 품어 살이 찢어지는 고통을 감내하고 낳아서, 불면 날아갈세라 놓으면 깨질세라 애지중지 키운 아이들을 짐승의 우리에 던져놓고 버틸 수 있는 엄마가 어디 있으랴. 이번에는 아이들의 아픔을 지켜보지 못하고 결국 자신이 범죄자가 되어버린 한 엄마의 이야기다.

범죄피해 현장에 청소지원을 나간 날이었다. 그날은 마침 현장검증 당일이었다. 가해자가 현장검증을 끝내고 포승줄에 묶여 나오고 있었다. 그때만 해도 사건 경위에 대해 아무것도 몰랐다. 사건에 대해 아는 게 없는 내 앞으로 포박된 채 수갑이 채워진 40대 초반의 여성이 다가왔다.

나는 여성을 힐끔 쳐다본 후 장비를 챙기는 일에 다시 집중하려고 애를 썼다. 어쨌거나 폭력과 살인은 중범죄라는 인식이 강했고, 이미 내 안에서 여성은 '유죄'로 확정되었던 것 같다.

준비를 마치고 현장 안으로 들어가려는데 형사 한 명이 나를 불러세웠다. 그리고 잠시 뒤, 포승줄에 묶인 가해자 여성이 내게 다가왔다. 그녀의 얼굴은 모든 것을 포기한 듯 담담했다. 심지어는 편안해 보이기까지 했다. 시간이 멈춘 듯 주변이 조용해졌다. 잠깐의 침묵이 기나길게 느껴질 만큼 짙고 깊었다. 이내 여성은 마음을 정한 듯 내게 말했다.

"남겨진 아이들이 살아가야 할 곳이에요. 2층에 아이들 아빠 사진이 있습니다. 꼭 버려주세요. 그리고 아이들이 살아가는 데 불편함이 없도록 깨끗이 정리해주세요. 부탁드립니다."

담담하고 편안해 보이던 얼굴이 말을 마친 후에는 어쩐지 어둡고 슬퍼 보였다. 그녀는 그렇게 뒤돌아서서 멀어져갔다.

현장은 오래된 주택이었다. 사람들이 모두 떠나고 나서야 사건 경위를 알게 됐다.

여자에게는 대학생 큰딸, 중학생 아들, 초등학생 막내딸이 있었다. 그녀가 그토록 걱정했던 아이가 총 셋이었다. 아이들 아버지는 결혼 직후 첫아이가 태어나고부터 성정이 포악해 졌고 폭력을 일삼았다고 한다. 그 강도가 점점 심해졌고 나중에는 아이들에게까지 손찌검을 했다. 사건이 있던 6월의 그날에도 술을 마시고 고성을 지르고 폭력을 행사했다.

흉기까지 들고는 안주를 더 만들어 오라며 아내를 위협했다. 이대로 있다가는 아이들까지 위험해질 것 같아 아내는 주방에 있던 절구를 들어 남편의 손을 쳐서 들고 있던 흉기를 떨어뜨렸다. 그리고 그대로 절구로 남편의 머리를 내리쳐 기절시킨 후 넥타이로 목을 졸라 살해했다. 이 사건은 자수를 통해 세상에 알려졌다.

사건의 자초지종을 알게 되니 가슴속에서 뭔가가 울컥 치밀어올랐다. 이 사건을 뭐라고 정의해야 할까. 머리로는 살인

사건이라는 걸 알지만, 가슴으로는 차마 그렇게 말할 수가 없었다. 내 어린 시절의 기억이 겹쳐져 가슴이 뜨거워졌다.

하루가 멀다 하고 싸워대는 부모님과 내게 화풀이를 했던 엄마. 온몸에 멍이 시퍼렇게 들도록 맞아야 끝났던 하루. 싸움이 시작되면 요란하게 쿵쾅대던 심장 소리. 어린 마음에 내가 죽어야 이 싸움이 끝날까 하고 생각했던 적이 있다. 나와 동생은 그렇게 유년시절을 지옥에서 보내야 했다.

나중에 성인이 되어 부모님께 물어봤다. 그렇게 싸우기만 할 거면서 왜 이혼하지 않았느냐고. 우리 때문에 이혼하지 않았단다. '우릴 위했다면 이혼했었어야지' 하는 생각을 꿀꺽 삼켰다. 어쨌거나 이미 지난 일이기 때문이다. 하지만 이곳의 아이들에게는 지난 일이 아니다. 이 아이들에게는 모든 일이 현재 진행형이고, 앞으로도 오만 가지 감정을 등에 지고 살아가야 한다.

기가 막히게도, 나중에 알고 보니 이들은 이미 이혼을 한 상태였다. 기사를 찾아보니 '전남편'으로 표기돼 있었다. 하지만 이혼을 한 후에도 그의 손아귀에서 벗어날 수가 없었던 것이다. 그 악마는 계속해서 집에 찾아왔고, 늘 하던 대로 폭력을 행사했다. 아이들과 여자는 온몸이 성할 날이 없었다.

여자는 자신의 고통보다 아이들이 받아야 하는 고통에 더 커다란 아픔을 느꼈다. 그래서 악마를 붙잡고 깊은 불구덩이로 함께 떨어지기를 선택했다. 아이들이 더는 고통받지 않도록, 아이들이라도 지옥에서 벗어날 수 있도록 말이다. 절구에 맞아 기절한 남편의 목을 조르면서 여자는 '이제야말로 끝'이라는 생각을 하지 않았을까.

국민재판으로 열린 이 사건은 정당방위로 인한 무죄를 선고받지 못했다. 전남편의 위협과 여자의 살해 행위 사이에 시간적으로 간격이 있어서라고 했다. 말 그대로 폭력을 당하는 와중에 살해가 이뤄진 게 아니라는 이유였다. 흉기를 이용한 위협은 있었으나 신체적인 폭력은 수시간 전에 일어났기에 정당방위가 성립되지 않는단다. 이게 대체 무슨 말인지 모르겠다.

폭력과 살인은 결코 씻을 수도 용서받을 수도 없는 중죄임에 틀림없다. 그런데 아이들과 여자가 두들겨맞는 동안에는 대체 왜 이 법이라는 것이 작동하지 않았나. 왜 그들을 도와주지 않았나. 이렇게도 정확하고 철저한 법이 왜 그들을 위해서는 나서주지 않았나.

아직 한참 엄마 손이 필요한 둘째 아들과 막내딸의 사진이 보였다. 이 아이들은 이제 어떻게 자라게 될까. 엄마는 악마를 상대하기 위해 스스로 악마가 되는 선택을 했다. 아이들은 이제 엄마의 바람대로 지옥을 벗어나 웃으며 살아가고 있을까.

"큰아이가 종종 면회를 오는데 예전보다 얼굴이 많이 밝아졌어요. 사건이 종료됐음에도 아이들을 신경 써주셔서 고맙고, 웃음 잃지 않도록 도와주셔서 감사합니다."

같은 해 10월 그 엄마가 담당 형사에게 보낸 편지라고 한다. 해당 기사를 보면, 형사는 범죄피해자 지원 규정 내에서 할 수 있는 모든 도움을 주었다고 한다. 어찌 보면 한날한시에 부모를 모두 잃은 거나 마찬가지지만, 어쨌든 아이들은 지옥에서 벗어난 것이 틀림없어 보였다.

이것도 벌써 5년이 지난 일이니, 이제 여자도 감옥에서 나와 아이들과 함께 살아가고 있을 것이다. 여자는 살인자지만, 아이들에게는 영웅 같은 엄마일지도 모른다.

목숨보다
돈이 귀한 사람들

부모가 떠난 뒤에 재산 때문에 형제간 우애가 상하고 남보다 못한 사이가 되는 경우는 흔하다. 그래도 이래선 안 되지 않나 싶은 상황을 종종 마주친다. 돈은 물론 중요하다. 하지만 목숨보다 더 귀할까. 내가 손해를 보는 게 나와 함께 나고 자란 형제의 죽음보다 애통할까.

아버지가 돌아가시고 어머니 혼자서 아들 셋을 키운 집이었다. 아들 셋 모두를 장성시키고 나니 어머니는 할머니가 되었다. 큰아들은 외국에서 생활하고 있었기에 둘째 아들과 셋째 아들 중 누군가 어머니를 부양해야 했다. 어머니에게는 노후자금으로 몇천만 원 정도의 재산이 있었고 집도 한 채 있었으니 형편이 안 좋은 건 아니었다.

둘째 아들은 결혼을 했으나 곧 이혼했고 혼자 살고 있었다. 셋째 아들은 슬하에 아이 둘을 둔 한 집의 가장이었다. 누가 봐도 어머니는 둘째 아들이 부양하는 게 맞아 보였다. 형제는 그렇게 뜻을 모았고, 어머니는 집을 팔아 갖고 있던 노후자금과 합쳐 둘째 아들에게 상속을 했다. 앞으로 자신을 돌봐줄 아들이니 어머니로서는 당연할 결정이었다. 그 후 어머니가 돌아가셨고, 둘째 아들은 다시 혼자가 되었다. 내가 나간 현장은 그 둘째 아들이 고독사한 곳이었다.

내가 알 수 있는 이야기는 이 정도뿐이었다. 둘째 아들에게는 부양할 가족이 없으니 어머니를 부양하기로 했고, 어머니 재산도 본인이 모두 상속받았다는 정도. 그들이 어떻게 자랐고 어떤 추억을 쌓아왔는지, 관계가 어떠했는지는 알 수 없었다. 그건 어머니와 삼형제만이 알 수 있는 일이다.

현장 정리 의뢰는 셋째 아들, 즉 고인의 동생이 했다. 어머니는 벌써 3, 4년 전에 돌아가셨고 그 뒤로는 고인 혼자 살았다고 했다. 현장에서 만난 동생의 눈빛은 싸늘했다. 고인에 대한 애도나 죄책감 같은 감정은 찾아보려야 찾을 수 없었다. 마치 귀찮은 일을 떠맡았다는 듯한 어투와 행동이었다.

몇 주나 방치된 현장에는 부패물이 가득했다. 눈에는 잘 안 보여도 어느 집에나 바닥이 고르지 않은 부분이 있고 경사가 져 있기 마련이다. 부패물은 거실을 지나 안방까지 흘러 들어가 동그랗게 고여 있었다. 바닥을 모두 뜯어내 세척해야 했지만 고인의 동생은 큰 비용이 드는 작업을 마다했다. 의뢰인이 거절하면 내가 어쩔 도리가 없다. 비용에 맞춰 최대한 할 수 있는 부분까지만 해야 한다.

"어머니 장례식 때 큰형이랑 제게 글쎄 돈을 달라고 하더라고요. 한 푼도 안 내놓는다고 얼마나 사람 피를 말리던지."

동생이 내뱉듯이 한 말이 무슨 뜻인지 제대로 이해되지 않았다. 뭔가 어머니 장례식 때부터 형제간에 갈등이 있었나 보다, 짐작할 뿐이었다.

유품을 정리하는데 고인의 일기장이 나왔다. 거기에는 큰
형과 동생에 대한 원망이 가득했다. 어머니를 혼자 모시고 사
는데 온통 자신에게만 모든 걸 맡겨놓고 아무도 도와주지 않
는다거나, 어머니가 편찮으셔서 병원 다니는 비용도 자기 혼
자 부담했다거나, 어머니 장례식 비용도 전부 자신이 처리했
다는 등의 내용이었다. 형제들이 다 나 몰라라 하고 자신에게
만 짐을 지웠다는 내용이 대부분이었다.

"어머니 집이고 재산이고 형이 다 받았는데, 무슨 염치로
저희한테 도와달라고 합니까?"

이제야 아까 동생이 했던 말이 이해됐다. 그 말 그대로 어
머니의 재산은 둘째였던 고인이 모두 상속받았다. 고인은 따
로 직업이 없었고 일도 하지 않았던 것 같다. 어머니를 부양
하며 상속받은 돈으로 계속 생활했던 것이다. 하지만 어머니
는 나이가 들어갈수록 건강이 더 안 좋아졌고, 덩달아 들어가
는 비용도 많아졌을 것이다. 수중에 있는 돈으로 해결하고 나
면 생활자금이 줄어들 수밖에 없다.
그래서 형제들에게 도움을 요구를 했는데 다른 형제들은

자신은 상속받은 것이 하나도 없으니 모두 고인이 알아서 해결하라고 매몰차게 대했던 것 같다.

누구 말이 맞는지 따지고 판단하고 싶지도 않았다. 모든 걸 다 떠나서 어쨌든 삼형제를 홀로 키워내신 훌륭한 어머니 아니신가. 아들 셋을 성인이 될 때까지 여자 혼자 몸으로 키워낸다는 게 어디 보통 일인가.

집에 아이가 한 명만 있어도 모든 생활이 아이 위주로 돌아간다. 툭하면 감기에 걸리는 아기를 들쳐메고 병원으로 달려가야 하고, 아이를 돌보면서 일을 해야 하고, 하루가 다르게 커가는 아이를 입히는 것부터 먹이는 것까지 어느 하나 손길을 필요로 하지 않는 곳이 없다. 그런 아이를 셋이나 키워내신 분이 바로 그들의 어머니였다. 상속을 누가 받았느냐의 문제를 내세워 이득과 손실을 계산할 일이 아니었다.

"내가 전생에 무슨 죄를 지었다고 마지막까지 나한테 이렇게까지 하는지, 원."

고인의 동생이 중얼거리듯 한 말이 떠올랐다. 그도 한 집의 가장이었다. 그럼에도 어머니가 해왔던 가장으로서의 역할은 헤아리지 못했다. 어머니의 장례식 이후로 고인과 나머지 두 형제 사이의 감정의 골은 그렇게 깊어졌고, 서로 남인 듯 살며 왕래도 하지 않았다.

그리고 몇 년 후 고인은 고독사했다. 아무도 찾지 않는 집에서 어머니의 뒤를 따랐다. 시신은 오랜 기간 방치됐고 집안 상태는 심각했다.

유품을 정리하다가 통장을 발견했다. 너무 많이 젖어 있어서 확실하게 보이지는 않았지만 2700만 원 정도의 잔액이 있는 것 같았다. 그리고 집 보증금도 있었다. 평수가 꽤 큰 빌라였으니 적어도 5000만 원 이상의 보증금이 남아 있을 것이다. 이런 일이 일어나면 현장을 수습하고 사고 이전으로 집을 복구해놓아야 집주인에게 계약 종료를 통보하고 보증금 반환을 요청할 수 있다. 이런 이야기를 고인의 동생에게 하니 순간 눈빛이 반짝였다.

"제가 자세히 보려고 했는데 부패물이 너무 많이 묻어서…… 2700인지, 7200인지 모르겠어요."

"통장 잔액확인이나 출금은 어떻게 하죠?"

"네? 상속자가 되면 할 수 있죠."

그 외의 방법은 당연히 없다. 통장도 사용하기 어려울 만큼 훼손됐고, 통장을 만들 때 도장을 이용했는지 자필서명을 했는지도 확인할 수 없었다.

30평 가까이 되는 평수에 묵혀둔 짐이 꽤 많았고, 고독사후 시신이 오랫동안 방치돼 있어서 유품정리 비용은 수백에 달했다. 고인의 동생은 앓는 소리를 하며 비용 절충을 요구했다. 현장을 촬영하겠다는 안내를 하고 비용을 절충해줬다. 청소비용이 맞지 않는다고 해서 돌아가기에는 집 안 내부의 심각한 상태를 이미 본 터였다. 내가 해야만 했다.

일기장 속 원망과 고인의 동생이 중얼거리던 소리가 맞물리며 드문드문 머릿속을 떠다녔다. 돈, 돈, 돈. 모든 것이 돈 때문이었을까. 삼형제에게 진짜로 일어났던 일은 무엇일까. 왜 이렇게까지 남보다 못한 사이가 된 걸까.

그저 고인의 어머니 생각만 났다. 어머니가 하늘에서 이모습을 보고 계시다면 얼마나 원통하실까. 자신의 사후 처리까지 계산기 두드려가며 서로에게 떠넘기기만 했던 자식을 보며 얼마나 마음이 안 좋았을까.

이제 어머니도 고인도 떠나고 없는 마당에 두 형제는 누구를 탓하고 미워할 수 있을까. 죽은 사람을 향한 원망은 아무리 크게 내질러도 다시 메아리로 돌아와 자기 가슴에 가시가 되어 박힐 뿐이다.

이렇게 갈 줄 알았다면 그래도 가끔 얼굴이나 봐둘 것을. 아등바등 싸우며 살아봐야 이렇게 짧은 생인데 전부 부질없는 것을. 당연한 듯 보이는 이 생각이 남은 두 형제에게는 떠오르지 않는 듯했다. 살다가 문득 두 사람이 보고 싶어지는 날이 오면 오늘을 얼마나 후회할까. 내 눈에는 벌써부터 그들의 뒤늦은 후회가 보인다.

사랑하고
사랑받을 때

약품이 꽁꽁 얼 정도로 추운 겨울이었다. 한겨울에 현장에 가면 사용해야 할 약품이 얼어붙어서 일하기 전에 뜨거운 물로 약을 녹이기를 반복한다. 약품이 녹아야 일을 시작할 수 있기 때문이다.

그날도 추위가 매서웠다. 의뢰받은 집으로 들어서니 암막 커튼이 쳐져 있어서 온통 캄캄했다. 사후 한 달 이상 방치된 현장이었다. 추운 날씨에 켜놓았던 보일러 탓에 부패하고 흘러내리기를 반복했고 결국 유해는 바닥에 말라붙었다. 푹 젖었던 이불이 바닥에 달라붙어 있었다. 이를 들어내려니 으드드득 소리를 내며 뜯기듯 떨어졌다.

너무 오래 시신이 방치된 현장이라 장판이 누렇게 착색돼 있었다. 고인의 유해를 모두 치우고 나서 유품정리를 시작했다.

서랍장 속에 자녀들의 어린 시절 사진을 모아놓은 사진첩이 있었다. 하지만 시취가 가득해서 유품으로 전달한다 한들 버려질 가능성이 커 보였다. 약품으로 세척할 수 없는 물건은 수개월이 지나도 냄새가 사라지지 않는다.

예전에 어떤 현장에서는 사용한 지 얼마 되지 않은 텔레비전을 버려야만 했다. 그만큼 시취가 엄청났다. 유가족은 내가 극구 말리는데도 버리기 아깝다면서 텔레비전을 가지고 갔다. 그리고 이틀 뒤 다시 전화가 왔다. 집에 가서 전원을 켰더니 냄새가 더 지독해졌다고. 냄새가 너무 심해서 직접 버리기도 힘들다고 했다. 결국 다시 찾아가서 폐기 처리 대행을 해줬었다. 아무리 비싸고 좋은 물건이라도 고독사 현장에서 나온 물건은 쓰레기 신세를 면치 못한다.

또 다른 서랍을 여니 포장까지 그대로인 건강보조식품이

나왔다. 두 박스나 됐다.

'이걸 드시지 않고 놔두셨네. 유통기한이 지나서 다 버려야겠어. 2011년이야. 유통기한이……'

10여 년이 훌쩍 넘도록 그대로 간직했던 걸 보면 아마 소중한 사람이 준 선물일 것이다. 이걸 간직하고 있던 10년 동안 고인은 행복했을까. 그는 몰랐을 것이다. 자신이 10년 동안 소중히 간직한 이 물건들이 자신이 떠나고 난 후 쓰레기가 된다는 것을.

혼자만 간직하고 있다가 그 추억까지 홀로 가져가셨다. 차라리 잘 챙겨먹고 선물을 준 사람에게 잘 먹었다고, 기운이 난다고 말해줬다면 함께 떠올릴 추억을 쌓을 수 있었을 텐데. 이렇게 혼자만의 추억이 담긴 물건을 결국 버려야 할 때면 가슴 한쪽이 스산해진다. 남겨진 사람에게 또 다른 상처로 남기 때문이다. '아끼지 않으시도록 더 자주 사드릴 것을' 하는 후회와 죄책감을 남기기 때문이다.

너무 소중해서 아껴두려는 것이 물건 그 자체인지 아니면 그것을 준 사람의 마음인지 구분해야 한다. 선물을 준 사람의 마음이 소중하다면, 그 마음은 담아두고 물건은 오히려 아낌

없이 사용해야 한다. 사용할 때마다 그 사람을 떠올렸더라면 행복한 시간이 더 늘어났을 것이다.

무조건 안 쓰고 아끼는 것이 능사가 아니다. 받은 것은 아낌없이 쓰고 아낌없이 고마움을 표현해야 한다. 표현하지 못하고, 주는 것도 받는 것도 잘 못하는 사람은 결국에는 외로워질 수밖에 없다. 어떤 사람은 외로운 시간을 애써 직접 만들어내는 것 같다.

나의 행복은 상대방에게도 큰 선물로 돌아간다. 너무 소중해서 아껴두기만 하면 결국 그 마음은 상대방에게 닿지 않고 시들어버리고 만다.

인생은 생각보다 너무나 짧다. 이제 인생을 좀 알겠다고, 이제 좀 제대로 살아볼 수 있겠다고 생각할 무렵에 생은 끝이 난다고 했다. 생은 유한하기에 재촉하지 않아도 어쨌든 끝은 찾아오고, 아껴둔 마음을 표현하고자 할 때는 이미 늦은 후다.

사랑하는 사람과 신나게 사진을 찍고 맛있다고 감탄하고 즐거운 시간을 보냈다면, 그날의 시간과 음식은 서로에게 소중한 추억으로 남을 것이다. 그날이 즐거웠다면 그 시간은 또 다른 행복한 시간을 부른다. 함께하는 즐거움을 또 누리고 싶기 때문이다. 추억이라는 쉼표도 없이 보내기에는 속절없이 흐르는 시간이 너무나 아깝다.

매일매일 시간 맞춰서 잘 챙겨 먹고 사는 동안 건강하게 지내는 것이 자식에게 짐을 지우지 않는 최고의 방법이다. 뭔가를 받았다면 "에이, 비싼데 뭘 이런 걸 사왔어"라고 마음에도 없는 타박을 할 게 아니라 "고맙다, 잘 먹을게, 잘 쓸게" 하고 숨김 없이 고마움을 표현할 줄 알아야 한다. 누군가 내게 돈과 시간과 마음을 썼다면, 미안해하고 아낄 것이 아니라 행복한 시간으로 돌려줘야 한다. 그것이 받은 사람이 줄 수 있는 최고의 선물이다.

마음은 표현하지 않으면 알 수가 없다. 말하지 않고 서랍 속에 꽁꽁 감춰둔 사랑을 누가 어떻게 알아챌 수 있을까. 이젠 서랍 속에 더 이상 죄책감이 남겨지지 않기를 바라본다. 그 누구의 마음도 쓰이지 않은 채 버려지지 않기를.

2장.

돌아올 봄을 기다릴 힘이 남았더라면

너무 이르게
찾아온 이별

사람은 언제 생의 의지를 포기하게 되는 걸까. 아마 그렇다는 걸 인지하지도 못하는 사이 뻘에 빠져드는 것처럼 조금씩 조금씩 마음이 밑으로 가라앉고, 일상의 한 귀퉁이가 무너져내리고, 그것이 또 짐이 되어 늘 하던 일조차 하기 힘들어지고, 생활을 정돈할 의지마저 잃어버리고, 그렇게 삶마저 붕괴되는 것 아닐까.

그날 도착한 곳은 고급 브랜드 아파트였다. 청명한 하늘에

조경이 멋들어진 단지를 보고 있자니 비현실적인 느낌이 들었다. 고인의 집은 평수도 꽤 넓었다. 아주 없는 일은 아니지만 고독사 현장으로서는 극히 드문 고가의 주거 형태였다.

전화로 의뢰를 한 사람은 고인의 친구였다. 그와 함께 집 안으로 들어갔다. 사람의 온기가 전혀 느껴지지 않는 집에 시취만이 가득했다. 사망 현장이 수십 일 만에 발견됐고 시신이 수습된 후에도 또 여러 날이 지난 것 같았다.

거실 쪽으로 들어서자 술병과 쓰레기가 사방에 널려 있었다. 혼자 사는 사람치고는 물건도 너무나 많았다. 거실이고 방이고 온갖 것이 뒤엉켜 눈이 어지러웠다. 이분에게 대체 무슨 일이 있었던 걸까. 좋은 집에 잘 갖춰놓고 살면서 왜 이렇게 생활을 방치했을까. 집을 보면 고인의 생활을 알 수 있는데, 삶의 의지가 도통 느껴지지 않았다. 의아함을 감추며 애써 현장을 살펴보는데 고인의 친구가 이야기를 시작했다.

"제 친구는 필리핀에서 현지 여성을 만나서 거기서 결혼을 했어요. 결혼식은 필리핀에서 하고 한국에 와서 함께 살 계획이었죠. 그래서 친구가 먼저 귀국해서 신혼집을 마련하고 신혼살림을 꾸렸어요."

혼자 사용하기엔 많아 보였던 짐에는 그런 사연이 있었다. 조금 전까지만 해도 그냥 어지럽게 널려 있는 것으로만 보였던 살림이 이야기를 듣고 보니 어쩐지 쓸쓸하게 느껴졌다. 한 사람이 아닌 두 사람의 주인을 잃어버린 것만 같아서.

"그런데 단꿈을 꾼 것도 잠시, 코로나19 때문에 양국 간에 비자가 막혔어요. 세상에 뭐 이런 일이 다 있나요. 저도 필리핀에서 한국에 들어왔어야 했는데 답답하기 짝이 없었어요. 제가 그랬듯 그 여성 분도 출국할 수가 없었죠. 그렇게 제 친구 부부가 생이별을 하게 됐어요. 그래도 그때만 해도 떨어져 있는 시간이 이렇게나 길어질 줄은 상상도 못 했죠. 두 사람은 아쉬운 대로 자주 통화하면서 행복한 미래를 그렸어요."

고인의 불행은 거기서 끝나지 않았다. 그 와중에 간암 판정을 받은 것이다. 청천벽력이 따로 없었다. 건강이 악화하면서 마음도 급속도로 약해졌다. 조금만 참으면, 조금만 기다리면 행복한 날을 꾸려갈 수 있으리라 기대했는데 그 연약한 기대마저 와장창 깨진 것 같은 기분이었으리라. 그렇게 그는 조금씩 삶의 희망을 놓고 말았다. 이곳저곳에 뒹구는 술병이 그가 어떤 마음이었는지를 대신 보여주고 있었다.

어느 순간부터 갑자기 한국에 있는 친구와 연락이 끊겨서 이상한 기분이 들었다고 했다. 걱정이 됐지만 부인도 친구도 곧바로 한국에 올 수가 없었다. 자초지종을 알 수 없어 애만 태우다가 드디어 비자가 발급되어 귀국했고, 그제야 친구의 죽음을 발견한 것이다.

고인의 가족은 그와 인연을 끊은 상태였다. 현장 수습은 친구의 몫이 됐다. 시신을 수습한 후 고인의 부인이 귀국할 때까지 또 수십 일이 걸렸다. 그렇게 또 시간이 흐른 후에야 현장을 정리하게 된 것이다.

단란한 신혼생활을 꿈꾸며 마련했던 살림살이에서는 이제 사용하기 어려울 만큼 악취가 진동했다. 제대로 사용 한번 못 해본 새 물건이나 다름없었지만 이젠 쓰레기로 버려질 운명이다.

큰 병에 걸렸다는 진단을 받으면 사람의 심리상태가 5단계로 변화한다는 글을 본 적이 있다. 첫 번째는 부정이다. 자신에게 일어난 일을 인정할 수 없기에 이때는 '아닐 거야', '설마, 오진이겠지' 하면서 여러 병원을 전전하기도 한다. 그리고 그다음에는 걷잡을 수 없는 분노가 찾아온다. '왜 하필 내게 이런 일이 일어났지?'라는 생각에 사로잡혀 모두에게 화가 나는 단계다. 그런 후 타협, 우울을 거쳐 마지막에 수용이 찾아온다.

고인은 몇 단계에 머물러 있었을까. 수많은 술병은 분노를 의미할까, 우울을 의미할까. 확실한 것은 5단계를 겪기도 전에 죽음에 이르렀다는 것이다. 그를 죽음에 이르게 한 직접적인 원인은 육체의 병이라기보다 그로 인해 생긴 마음의 병일 것이었다. 몸보다 앞서 마음이 무너졌기에 죽음에 이르렀다. 수용 단계까지 이르러서 치료를 시작했다면, 희망을 가질 수 있지 않았을까.

청소를 시작하기 전에 고인의 부인과 영상통화를 했다. 친구 분이 옆에서 통역을 해줬다. 이미 사후 수개월이 지나서인지 슬픔은 한 꺼풀 벗겨진 느낌이었다. 앳된 얼굴의 그녀는 담담한 표정이었고 목소리도 침착했다. 고인의 가족과 영상통화를 하는 건 처음 있는 일이라 좀 어색했다. 그녀도 당황한 것처럼 보였다.

문득 이런 상황에서 처음 보는 사람과 영상통화로 이야기를 나누게 된 타국의 미망인은 그 심정이 어떨까 궁금증이 들었다. 하지만 이내 그 생각을 접었다. 타국인이든 자국인이든 그 마음은 똑같을 터였다. 똑같이 정성스럽게 보내주기를, 잘 정리해서 깨끗하게 마무리해주기를 바랄 것이었다. 이렇게 나마 얼굴을 보고 이야기할 수 있어서 다행이라는 생각과 함께 더 잘 보내드려야겠다는 사명감이 생겼다.

부인은 마지막으로 남편에게 하고 싶은 말을 남겼다.

"오빠, 드디어 한국에 왔어. 오빠와의 약속을 지키기 위해 온 거야. 한국에 와서 오빠와 함께하기로 했던 약속 떠올리면서 오빠 생각 많이 하고 있어. 날 위해 많은 걸 준비해뒀더라. 오빠한테 정말 고마워. 많이 그리울 거야. 사랑해."

담담했던 그녀의 목소리가 어느새 촉촉하게 젖어 들었다. 수많은 미래를 그렸을 것이다. 함께하는 행복한 미래를 꿈꿨을 것이다. 하지만 그 미래는 부질없이 허물어졌다. 함께 그렸던 약속의 시간 속에 그는 더 머물 수 없었다. 누구도 원치 않은 이별이었다.

쉽게 할 수 없는
말

소복소복 눈이 내린다. 바깥도 집 안도 고요하다. 그날은 현장까지 어두컴컴했다. 다만 진동하는 일산화탄소 냄새만이 이곳이 자살 현장임을 말해주고 있었다.

가스레인지 위에 번개탄을 피워 자살을 했다고 했다. 화재 경보와 함께 고인은 즉시 발견됐지만 살려내기에는 이미 때가 늦고 말았다. 불이 날 뻔한 탓에 단전을 해두어 전기가 들어오지 않았다. 미처 이런 사정을 몰라 조명을 따로 챙기지 못했기에 어쩔 수 없이 침침한 가운데 작업을 해야 했다.

고인이 마지막으로 누워 있던 이부자리를 치우려는데 손이 잠시 멈칫했다. 이부자리 옆에 사용한 화장지가 잔뜩 쌓여 있었다. 뭐가 그리 서러워 울면서 떠났을까. 못 다 한 생에 대한 미련이 눈물이 되어 흘렀을까. 무슨 일이 있었는지 알 수는 없지만 스스로 목숨을 버리겠다고 마음먹고 그걸 결행하기까지의 고통과 번뇌 한 조각이 내 가슴에도 날카롭게 스며들었다. 젊디젊은, 앞길이 창창한 젊은 여성이었다. 더구나 정리를 의뢰한 고인의 어머니는 2층에 거주하고 고인은 1층에 살았다. 지척에 사랑하는 가족을 두고 멀리 떠날 생각을 하니 얼마나 서러웠을까.

짐은 거의 없었다. 2층에 부모님이 사시니 이미 다 치운 것일 수도 있겠다. 플라스틱 서랍장을 열어봤더니 안에도 아무것도 없었다. 가족들이 직접 유품을 정리하다가 가슴이 아파 차마 더 치우지 못한 것이리라. 나도 모르게 자꾸만 나오는 한숨을 억지로 삼키며 집 안을 정리했다.

작업을 마무리하고 있는데 바깥에서 뭔가 소리가 났다. 나가 보니 어머니가 내려와 계셨다. 그동안에도 많이 우셨을 텐데 또 사무치게 눈물을 흘리셨다. 억장이 무너진다는 게 어떤 건지 어머니 모습을 보니 절절하게 느껴졌다.

자식의 생명만큼 아깝고 귀한 게 있을까. 더구나 대학원까지 졸업했을 정도로 성실한 딸이었다. 똑똑하게 앞길을 개척해서 부모님 호강시켜주겠다던 착한 딸이었다.

"마음씨도 좋은 아이인데, 충격을 받아가지고……"

울음 중간중간 어머니가 하시는 말씀을 귀 기울여 들었다. 나라도 들어들어야 응어리가 조금이라도 풀리겠거니, 그래야 고인이 조금이라도 가벼워진 마음으로 떠나겠거니 싶었다.

고인은 어떤 일로 충격을 받아 오랜 기간 입퇴원을 반복했다고 했다. 대체 어떤 일 때문이었을까, 의문이 들었지만 물어보는 건 내 몫이 아니다. 말씀해주실 때까지 기다리는 것이 나의 역할이다.

들어보니, 지금은 건물을 새로 지어서 깔끔했지만 그전까지는 낡은 단층 주택이었다고 한다. 고인은 이곳에서 나고 자랐다. 그런데 보안이 잘 되지 않는 허름한 집이어서 그랬을까, 한밤에 불청객이 찾아들었다. 그것이 불운의 시작이었다. 물건을 훔치러 온 게 아니었다. 여성을 노린 끔찍한 성범죄였다.

강도는 흉기를 들고 곧바로 딸의 방을 찾아 들어갔다. 범행 직전 눈을 뜬 딸이 소리를 지르려고 하자 강도는 범죄행각이 들킬까 봐 아이의 입가를 칼로 찢어놨다. 이상함을 감지한 부모님이 안방에서 뛰어나오자마자 강도는 줄행랑을 쳤다.

피를 철철 흘리고 누워 있는 딸아이의 손발은 묶여 있었고, 범행에 사용한 흉기는 머리맡에 놓여 있었다.

늘 착하고 성실했던 딸은 그날 이후 급격히 변하기 시작했다. 두려움에 떨었고, 사람을 피했으며, 어떤 것에도 의욕을 갖지 못했다. 왜 안 그렇겠는가. 누가 겪어도 끔찍하고 충격적인 일이었다. 범인은 잡힐 줄을 몰랐고 흉측한 흉터는 얼굴뿐 아니라 마음 깊숙한 곳에까지 남았다. 이후 수년간 병원을 찾으며 치료를 위해 애썼지만 몸과 마음에 깊이 남은 흉터는 지워질 줄을 몰랐다.

시시때때로 극심한 공포에 휩싸이는 딸을 위해 건물도 새로 지었다. 끔찍한 일이 일어난 집의 흔적을 지워버리기 위해서였다. 집이라도 새로 단장하면 조금은 상처가 씻기지 않을까 생각해서 마련한 궁여지책이었다. 하지만 사고 이전으로 시간을 되돌리지 않는 한, 지울 수 없는 기억이었다. 한창 꽃

피울 나이에 벌어진 참극이고 비극이었다. 딸은 딸대로, 부모는 부모대로 얼마나 힘들었을까.

"불쌍한 것, 가여운 것⋯⋯."

뚝뚝, 어머니의 눈물에서 고통이 흘러넘쳤다. 얼마나 되돌리고 싶었을까.

사람이 사람에게 행한 악독한 범죄였다. 그런데 그녀가 어떻게 아무렇지 않게 사람들을 만나고 어우러져 살아갈 수 있었겠는가.

"미쳐부려⋯⋯. 그 맘은 하늘만 알아⋯⋯."

어머니 말씀이 맞다. 정말 미칠 것 같은 일일 것이다. 그 마음을 누가 어떻게 알아주겠는가.

작업을 다 마친 후에도 발걸음이 떨어지지 않았다. 고통스러운 시간을 보냈을 고인의 마지막을 되짚어보자니 몸이 물먹은 솜처럼 무거웠다.

아무리 삶이 고달파도 살아보자고, 살아 있는 한 희망은 있다고, 힘든 일도 시간과 함께 다 지나간다고 그렇게들 말한다. 내 생각도 같다. 그래서 자살을 생각하는 사람들의 마음을 조금이라도 돌려보고자 유튜브를 시작했다. 그런데 지금은 그 생각이 맞는지 확신이 서지 않는다. 혼란스럽다. 그들이 어떤 마음인지, 어떤 아픔을 겪어내고 있는지 모르면서 그냥 살라고 하는 게 맞는 걸까. 오히려 무책임한 말은 아닐까. 내 아이에게도 힘들어도 살아내라고 말할 수 있을까. 남이기에 할 수 있는 매정한 말, 이기적인 말은 아닐까. 삶을 권한다는 게 무거운 책임으로 느껴졌다.

그래도, 그럼에도 죽어야 할 사람은 아이가 아니지 않나. 끔찍한 범죄로 고통 속에서 살았는데, 어떻게 버텨왔는데……

어머니께 인사를 드리고 복잡한 마음으로 겨우 집을 나서는데 그사이 눈이 더 소복하게 쌓였다. 눈이 아이의 상처를 가려줬으면, 감춰줬으면, 포근히 감싸줬으면 하고 하늘을 올려다본다. 하얀 눈에 발자국을 남기려니 괜히 죄스럽다. 내딛는 발걸음이 유독 수런거렸다.

쓸모 있음과
쓸모없음의 차이

모두가 쓸모 있는 사람으로 살고 싶어 한다. 여기저기서 사람들이 나를 찾아줬으면 싶고, 뭔가 성취하는 기쁨을 느끼고 싶어 한다. 그래서 안간힘을 쓰며 노력한다. 하지만 한때 그런 삶을 이뤘다고 해도 그 시기가 영원할 수는 없다. 쓸모의 세계에서는 쓰임새가 다하면 쉽게 잊히거나 버려지기 마련이다.

쓸모를 최우선으로 생각하는 사람이 스스로를 쓸모없다고 생각하면 그것만큼 암담한 일도 없다. 쓸모를 잃었다고 생각하는 순간 희망과 열정이 사라지고, 좌절과 불평에 뒤이어

무기력이 찾아오기 때문이다. 얼마든지 다른 모습으로 살아갈 수 있는데도 지레 삶의 빛을 꺼뜨려버린다.

쓸모만을 최우선으로 생각하는 사회에서 언제까지 그 기준에 맞춰 살아갈 수 있을까. 그와는 다른 나만의 기준을 다시 찾아야 하지 않을까. 타인에게 쓰임을 받으려 하기보다 스스로를 위해 무엇을 해야 할지를 더 생각해야 하지 않을까.

젊은 여자의 전화 의뢰를 받고 한적한 시골 마을을 찾았다. 덩그러니 있는 원룸 건물은 주변 풍경과 어우러지지 못하고 이질적인 분위기를 자아냈다.

집으로 들어서니 보일러를 얼마나 틀었는지 공기가 후끈했다. 현관 입구 한쪽에 깨진 창문이 보였다.

'창문을 깨고 들어갔구나.'

현관 옆에 창문이 있어 방화문을 뜯어내지 않고 창문을 깨고 집 안으로 들어갔나 보다 싶었다. 고독사 현장을 가 보면 문이 비틀려 강제로 열려 있기 일쑤다. 문을 열어줄 사람이 이미 세상을 떠나고 없기 때문이다.

누가 처음 발견했는지 의뢰인은 말해주지 않았고, 나도 묻지 않았다. 내 일에 불필요한 질문이기 때문이다. 의뢰인이나 주변 사람이 미리 말해주면 모를까 부러 묻지는 않는다.

　고인의 이부자리를 정리하는데 꿇어앉은 바닥에 닿은 무릎이 뜨거울 정도였다. 추운 날씨에 한껏 온도를 올려놓은 보일러 탓이었다. 형편이 여의치 않은 집에서는 한겨울에도 보일러를 켜지 못해, 시신이 부패하지 않는 경우도 있는데 고인의 형편이 그래도 그 정도는 아니었나 보다.

　방 한쪽에 대형폐기물 스티커가 붙은 의자가 보였다. 누군가 버린 걸 고인이 주워다 놓은 모양새였다. 그리고 약봉지가 보였다. 요즘은 어떤 약을 조제해 넣었는지 약 봉투에 다 출력해놓는데, 여기는 시골이라서 그런 게 없는지 약에 대한 정보가 전혀 없었다. 정체는 모르겠지만 꽤 여러 알의 약이 들어 있었다. 약은 고독사 현장에서 술병 다음으로 흔한 물건이기 때문에 이제는 대수롭지도 않았다.

　이사를 온 지 얼마 안 된 건지, 곧 이사를 나갈 예정이었는지 한쪽 구석에 박스가 잔뜩 쌓여 있었다. 그래도 살림살이가 조촐해서 정리는 금방 끝났다.

　일을 마치고 집 앞으로 나가니 통화했던 분으로 짐작되는 여자가 가족과 함께 있었다.

"따님이세요?"
"아, 네. 돌아가신 분은 친아버지시고……."

'친아버지?' 의문은 곧 풀렸다.

"아빠, 그 열쇠는 그렇게 쓰는 열쇠가 아니야."

여자가 아빠라고 부르며 살갑게 대화하는 남자는 그녀의
새아버지였다.

"정리하면서 보니 병원에서 방광암 수술을 했던 서류가
있더라고요. 그리고 다시 암이 재발한 것으로 보이고요. 약
이 많더라고요……."

정리를 하다 보면 가족보다 많은 것을 알게 된다. 유가족
이 알고 있어야 할 법한 이야기를 전해주었다. 고인은 약과
술을 같이 먹었다. 이제 고인의 나이 예순이었다. 100세 시대

에 환갑은 노인이라고 부르기도 어려운 나이다. 두 번째 찾아온 암이 삶을 포기하게 만들었을 뿐이다.

문득 고인이 주워 온 의자가 생각났다. 쓸모가 없어져 누군가 버린 쓰레기가 고인에게는 그럴듯한 휴식처로 보였을 것이다. 버려진 의자의 쓰임을 다시 찾아준 고인이었지만, 그는 자신의 쓰임은 찾지 못한 것 같았다.

병이 재발했어도 의욕을 갖고 치료했으면 얼마든지 나을 수 있었을 것이다. 다가오는 시간에 나름의 의미를 부여했다면 새로운 시간을 맞이할 수도 있었을 것이다. 버려진 의자가 다시 의자 역할을 할 수 있도록 만들어준 것처럼 새로운 삶을 살 수도 있었을 것이다.

본인은 쓰임을 다했다고 절망했을까, 이제 자기 삶은 가치가 없다고 생각했을까. 사회가 정한 가치가 아니라 스스로의 가치를 좀 더 생각했다면, 술 대신 삶을 찾았다면 조금 덜 아프고 덜 외로웠을 텐데……

우리가 화를
참지 못하는 이유

'사람들이 참 화를 못 참는구나.'

텔레비전 프로그램이나 뉴스를 보면 아슬아슬하다는 생각이 드는 한편, 왜 이렇게 사람들이 분노를 참지 못하게 됐는지 씁쓸하기만 하다. 관찰 예능이나 다큐, 뉴스를 보면 겁이 나서 살 수가 없다. 사람들은 벌컥벌컥 화를 내고, 물건을 집어 던지고, 윽박지르고, 손을 올린다. 심지어 화가 난다는 이유로 살인을 저지르기도 한다. 층간소음 문제로 인한 살인 사건까지 연일 뉴스지면에 오르니, 사람들이 감정조절에 얼마나 어려움을 겪는지 새삼 실감하게 된다.

그날의 현장도 마찬가지였다. 2015년에 발생한 방화 현장이었다. 뉴스에는 '가정불화로 인해 피의자가 자기 몸에 인화물질을 뿌리고 자살을 시도했다'고 나왔지만 내막은 조금 달랐다.

아버지의 재산 분할 문제를 두고 형과 대화하던 동생은 자기 뜻대로 일이 풀리지 않자 격분해 방화를 시도했다. 자기몸에 인화물질을 뿌린 건 맞지만 자살을 위해서는 아니었다. 집을 모두 태우고 집에 있던 가족 모두 다 같이 죽자는 심보였다. 현장에 갔을 때 가족에게 들은 이야기다.

1900만 원 정도의 재산피해가 났다고 했지만 그것도 사실이 아니었다. 집은 2층 주택이었는데, 불이 2층까지 번졌고 방화를 시도한 1층은 절반 이상이 새까맣게 폭삭 타버린 상태였다.

방화를 시도한 동생과 형은 3도 화상을 입고 병원으로 옮겨졌지만 위독한 상태였다. 대체 얼마나 화가 나야 자신과 온 가족을 죽이겠다는 생각으로 불을 지를 수 있을까?

화상 치료는 생각보다 훨씬 더 고통스럽다. 나의 아내도 어릴 때 전신에 3도 화상을 입어서 오랜 기간 치료를 받아야 했다. 열세 살 어린 나이에 이틀에 한 번 치료를 받았는데, 아이가 너무 고통스러워하니까 병원에서 수면마취를 하고 치료를 했을 정도였다고 한다. 아내는 수면마취라면 아직도 치를 떤다.

방화를 저지른 동생과 그의 형은 살아난다 해도 오랜 기간 고통스러운 치료를 받아야 하고, 여러 번의 이식수술과 재활 치료가 필요할 것이다. 행여 신체의 일부분이 소실되기라도 했다면 평생 그 부분은 없는 채로 살아야 할 수도 있다.

절박한 생존의 이유가 아니라면 동물들은 서로를 공격하지 않는다. 먹고사는 데 문제가 없는 지역의 동물들은 오히려 평화롭고 체계적으로 살아간다. 그런데 왜 인간은 점점 더 많은 것에 욕심을 내고, 그것을 얻지 못하면 화를 내는 걸까.

비단 사건 사고만이 아니라 고독사나 자살도 마찬가지의 이유로 발생한다. 남과 자신을 끊임없이 비교하고 스스로에게 화를 내고, 상실감과 박탈감에 끝내 극단적인 선택을 한다. 내가 가진 것에서 행복을 찾기를 거부하고 삶의 의지를 쉽게 놓아버린다.

시간은 누구에게나 공평하게 주어진다. 하지만 안타깝게도 우리는 자신의 시간이 아니라 타인의 시간을 좇는 데 많은 시간을 허비한다. 초식동물은 사자가 뜯어먹는 고기를 부러워하지 않거늘 우리는 내게 필요한지 필요하지 않은지조차 분별하지 않고 무작정 남들이 좋다는 것에 달려든다. 저마다 자신에게 주어진 삶의 크기가 있고 그에 따른 행복이 있다. 행복은 한 가지 색깔이 아니라 무지개색이다.

남을 부러워하고, 내가 더 가져야 한다고 탐욕을 부리고, 원하는 것을 손에 넣지 못하면 쉽게 화를 낸다. 자신을 진정으로 아끼고 사랑한다면 벌어지지 않을 일이다.

자신이 소중하고 귀하다면 어떻게 자기 몸에 불을 지른다는 생각을 할 수 있을까. 진정한 자기 가치와 행복에 대해 생각을 해봤다면, 누군가를 아프게 하기 위해 쓰는 시간조차 아까웠을 것이다. 쉽게 화를 내고 다른 사람에게 분노의 화살을 쏘기 전에 내 삶의 의미를, 진정한 행복이 무엇인지를 한 번만 더 차분히 생각해봤으면 한다.

두 번의
이별

작년 봄 젊은 여자로부터 전화를 받았다. 가족이 세상을 떠났는데 꽤 오랫동안 방치돼 특수청소와 유품정리를 의뢰하고 싶다고 했다. 자세한 내막은 묻지 못했고, 여자도 말하지 않았다. 어차피 현장에 가서 유품을 정리하다 보면 자연스레 알게 되는 것이 많기 때문에 궁금증은 접어두었다.

방문한 곳은 오래된 LH 아파트였다. 13평 정도 되는 공간에 참 많은 짐이 들어차 있었다. 고인은 안방에서 돌아가신 것으로 확인됐다. 얼마나 오랫동안 정리를 하지 않고 살았는지 수년 전 고지서부터 쓰레기까지 쌓이고 쌓여 굉장히 지저분한 상태였다.

고인은 안방 장롱에 기댄 채로 돌아가신 걸로 추측됐다. 장롱 문은 열린 상태였다.

'뭘 꺼내려다가 돌연사하셨나?'

하지만 아무리 봐도 장롱 안에서 찾을 만한 물건은 없어 보였다. 이미 물건들이 꺼내져 여기저기 널려져 있는 상태였기 때문이다. 사체의 흔적은 오래 방치될수록 선명히 남는다. 그래서 장롱을 바라보고 있자니 답이 나왔다.

'아무래도 목을 매신 것 같네……'

수년의 장례지도사 경험과 유품정리사 경험은 감히 고인의 사인을 추측할 수 있게 해주었다. 장롱에 있던 물건들을 다 빼낸 다음에 옷걸이 가로대에 줄을 매달은 듯했다. 다시 한번 장롱에 대고 고인의 명복을 빌었다.

마음을 추스르고 여기저기 청소를 하고 있는데 마침 의뢰를 했던 여자에게서 전화가 왔다.

"고인 분과 관계가 어떻게 되시나요?"

"딸이에요."

"고양이를 키우셨던 것 같은데 고양이가 안 보이네요. 혹시 함께 죽었나요?"

"아니에요. 제가 데리고 있어요."

다행이었다. 키우던 동물이 함께 죽어 있는 경우가 많기에 걱정을 하던 참이었다. 물건이 장롱 밑이고 어디고 잔뜩 들어가 있는 걸 보고 고양이가 있다는 걸 알았다. 우리 집 고양이도 아들의 침대 밑을 쓰레기장처럼 만든 적이 있어서 한눈에 알아차릴 수 있었다.

딸은 일이 마무리될 때쯤 오기로 약속하고 전화를 끊었다. 한창 유품정리를 하고 있는데 누군가 찾아왔다.

"같이 현장 일을 다녔던 사람인데요. 형님 차에 제 물건이 있어서 찾아가려고요……."

"고인 분에게 차가 있었나요?"

"네, 이리 와보세요."

사내가 나를 데리고 아파트 뒤편 통로로 갔다. 주차장 쪽을 가리키며 차량을 알려주었다. 집에서는 아직 자동차 열쇠를 발견하지 못했다. 잡동사니가 워낙에 많다 보니 아직 눈에 띄지 않은 것 같다. 사내에게 말을 듣지 못했다면 나중에 열쇠를 찾고도 한참 갸우뚱했을지도 모르겠다.

집으로 돌아와 부랴부랴 다시 유품정리를 했고, 마침내 자동차 열쇠를 찾을 수 있었다. 가까운 곳에 살고 있다던 사내는 연락을 받고 금방 다시 고인의 집으로 찾아왔다.

"고인 분과 친하셨나 봐요."

"네, 같이 일을 다녔어요. 하도 연락이 안 되길래 찾아왔는데…… 문이 잠겨 있어서 경찰을 불러서 문을 따고 들어갔어요. 제가 처음 발견한 사람입니다."

"아, 그러셨군요. 많이 놀라셨겠어요……."

"네……."

"근래에 마음이 많이 안 좋으셨던 모양이던데요."

"이 정도인 줄은 저도 몰랐어요."

같이 일을 다니는 지인에게도 속사정은 말하지 않으셨나 보다. 이렇게 삶을 놓아버릴 정도로 힘드셨으면서……. 매일 만나는 사람이라도 그 속이 어떤지는 말하지 않으면 모를 때가 많다. 고인이 혼자 속으로 얼마나 끙끙 앓았을지를 생각하니 가슴이 아팠다.

일이 거의 다 마무리될 즈음 여자가 찾아왔다. 여자는 고인의 막내딸이었다. 찾아놓은 유품을 전달하며 딸에게 물었다.

"근래에 많이 힘드셨나 봐요⋯⋯."

"취업문제로 아버지와 오빠가 많이 다퉜어요. 오빠가 2년 전에 먼저 떠났어요. 그리고 아버지도 이렇게 떠나셨네요."

사정이 있을 줄은 알았지만 이렇게 큰 아픔을 겪은 줄은 몰랐기에 당황스러웠다.

"힘드셨을 텐데 죄송합니다."

"아니에요. 제가 말씀드리지 않아도 아실 거라고 생각했어요."

"네. 아무래도 흔적을 보면 추측이 되는 편입니다."

"그럴 거라고 생각했어요. 아마 오빠를 먼저 그렇게 보내고 견디기 힘드셨던 게 아닌가 싶어요."

"그럴 수 있겠네요……."

딸은 성인이 되자마자 독립을 했고 아들은 아버지와 함께 살았다. 그리고 군대를 제대하고 대학을 졸업한 후에도 몇 년간 취업이 되지 않자 아버지와 아들은 자주 다퉜다고 한다. 아버지는 계속 집에서 놀기만 한다고 아들을 나무랐고, 아들은 원하는 직장에 취업이 되지 않아 가뜩이나 위축되고 힘든 상태였다. 이런 일이 반복되는 와중에 아들이 자살을 했다. 아들은 집에서 목을 맸다. 그리고 2년 뒤 같은 집에서 아버지도 목을 맸다.

무덤덤하게 유품을 찾아가던 딸의 뒷모습이 가슴에 사무쳤다. 분명 덤덤하고 더할 나위 없이 고요해 보였지만, 내 눈에는 위태롭게만 보였다. 함께 살았던 집에서 오빠를 보내고, 아버지를 보냈다. 다른 곳에서 다른 삶을 살고 있지만 분명 자신도 속해 있던 삶의 일부분이었다. 저 마음속이 어떻게 평온하기만 하랴.

그녀는 마치 무너지지 않으려 꼿꼿하게 서 있는 올리브나무 같았다. 지독한 비바람에 결국에는 부러지고 마는 올리브나무. 차라리 이리저리 흔들리는 갈대 같으면 좋을 것을. 슬

폰 일이 있으면 슬퍼하고, 힘든 일이 생기면 충분히 힘들어하는 갈대 같았으면…….

나로서는 이 험난한 폭풍우에도 부러지지 않기를 바랄 수밖에 없었다. 슬픔도 기억도 시간이 지나면 무뎌지고 잊히기 마련이니. 딱 그때까지만 올리브나무가 튼튼하게 버텨주기를. 당신이라도 꿋꿋하게 살아주시길.

남겨진
사람들

"남편이 일하던 기숙사에서 자살을 했어요. 정리를 부탁 드리고 싶습니다."

수화기 건너편의 여자는 요목조목 조리 있게 말했다. 짧은 대화 뒤에 작업 날짜를 정했다.

현장에 가보니 기숙사 건물은 아니었고, 회사에서 얻어준 작은 원룸이었다. 방 한편에는 연탄 화덕이 보였다. 번개탄을 이용한 자살이었다. 자살 현장에 나가보면 98퍼센트가 번개탄을 이용한 자살이다. 이쯤 되면 번개탄 사용 실명제를 해야 하나 싶을 정도다.

부인은 남편보다 열일곱 살이 어리다고 했다. 남편이 72년 생이니까 부인은 서른 초반이다. 아이는 둘이었다. 세 살, 한 살이다. 남편은 10년 전에 이혼을 했고 이번이 재혼으로 전부 인과의 사이에서도 아이가 둘이 있는데 각각 열아홉 살, 열일 곱 살이라고 했다.

전부인과 이혼한 후에 다니기 시작한 회사는 10년째 근속 중이라고 했다. 그 정도로 오래 근무를 했으니 회사에서 근무 지 근처에 원룸도 얻어준 것이다. 왜 따로 살았는지 묻지 않 았는데도 여자는 술술 이야기를 풀어놨다.

"큰애가 두 살일 때 아이를 학대했어요. 제게도 폭력과 폭 언을 행사했고, 전부인과도 그래서 이혼했어요."

'두 살 아이를 때릴 데가 어디 있다고. 아이고, 큰애가 두 살이었을 땐 둘째가 생기지 않았을 땐데, 그러고도 다시 둘째 를 낳았다고?'

이야기를 듣자마자 한숨이 나오는 동시에 평소와 다르게

부정적인 생각이 고개를 내밀었다. 죽은 사람은 말이 없기에, 죄를 물을 수도 없다. 그러다 보니 자꾸 애꿎은 다른 사람을 탓하게 된다. 내가 할 생각이 아니라는 걸 알면서도 나도 자식을 키우는 부모이다 보니 오지랖이 발동했다.

전부인은 아이들 키우기가 힘들다면서 애들 둘을 다 보육원에 맡겼다. 재혼 후에 그 아이들이 집에 한 번 다녀가기도 했다고 한다.

첫 번째 결혼은 10년 전에 이혼으로 끝났고, 두 번째 결혼도 이전과 같은 이유로 현재 이혼 조정기간을 거치고 있다고 했다. 접근금지 가처분 신청까지 해서 남편은 전화를 하는 것도 찾아오는 것도 금지된 상태였다.

"남편 장례식에 전부인의 아이들이 찾아왔었어요. 아버지 사진을 한 장 달라고 하더라고요."

아버지 없는 자식이 총 넷이다. 그중 큰애 둘은 엄마에게도 버림받았다. 그 애들은 지금까지 얼마나 많은 외로움과 슬픔을 감당해야 했을까? 부모가 얼마나 밉고 원망스러웠을까? 그렇게 자신들을 괴롭힌 아버지의 사진이 왜 필요했을까? 쓸쓸하고 안타까운 마음이 들지 않을 수 없었다.

전부인은 아이들을 키우며 회사를 다니기가 힘들어서 둘을 보육원에 맡겼다고 했다. 이혼한 지 10년이 됐으니, 당시 아이들 나이는 아홉 살, 일곱 살이다. 갓난쟁이도 아니고 그쯤이면 이제 반은 키운 셈이다. 초등학교에 들어가면 열감기로 응급실로 뛰어야 하는 상황도 없어지고 혼자 약도 잘 먹는다. 꼭 그런 선택을 했어야 했는지, 전부인에게도 불퉁한 마음이 솟구쳤다. 오늘은 뭐든 안 좋게 보이는 날인가 보다.

남편은 자기 자식들이 보육원에 있는데 재혼을 해서는 또 자식을 낳았다. 그것도 거의 딸뻘이나 마찬가지인 열일곱 살 차이가 나는 여자와. 서른세 살이면 아직 한창때다. 그런 그녀가 이제 어린아이 둘을 홀로 키워야 한다. 재혼을 한다고 해도 그가 좋은 아버지가 되어줄 거라고 어떻게 확신할 수 있을까. 이미 첫 결혼으로 큰 상처를 입은 그녀로서는 하기 어려운 결정일 것이다.

별거 중이었던 남편의 유품을 정리하는데 여자의 말이 또 귀에 거슬렸다.

"이건 우리 남편 생일 때 갖고 싶다고 해서 사줬던 건데 버려야 할까요?"

"아, 이건 우리 남편이랑 추억이 있는 물건인데…… 버려야겠죠?"

아이들이 있으니 이혼 조정기간을 거치는 중이었을 테고, 이 기간만 지나면 이혼이 확정되는 상황이었다. 그 와중에 남편이 세상을 등졌다. 그런데도 우리 남편, 우리 남편. 말끝마다 우리 남편.

'이혼한다더니 아직도 우리 남편인가. 갓난쟁이 아이를 학대하고 폭언과 폭행을 일삼았는데도 아직 정이 남았나. 이건 미련인가, 미련한 건가.'

뾰족한 감정이 주머니 속 송곳처럼 자꾸 삐죽삐죽 삐져나왔다. 떠난 이의 사연을 내게 전해줄 의무는 누구에게도 없다. 내 일은 그저 고인의 유품을 정리하는 것이니 말이다. 그런데도 의뢰인들은 내게 사정을 털어놓는다. 어찌 보면 고인이 세상을 등지도록 내버려둔 방관자라는 죄책감을 줄이기 위한 심리에서 나오는 말인지도 모르겠다. 이런 일이 생긴 이유, 이럴 수밖에 없었던 사연을 말하는 동안 자기합리화가 되는 것 아닐까 하는 생각도 든다.

"버리는 게 마음 쓰이시면 가지고 계시다가, 마음 정리가
된 후에 처리하시면 될 것 같아요."

사연을 듣다 보면 '오죽했으면 저랬을까' 싶을 때도 있고
'조금만 더 버티시지' 싶을 때도 있다. 그런데 이번 현장에서
는 어른들의 사정은 궁금하지도 듣고 싶지도 않았다. 오직 아
이들이 걱정될 뿐이었다.

보육원에 살던 아이들은 아빠가 재혼한 집에 찾아와서 낯
선 동생들을 보고 무슨 생각을 했을까. 어린 동생들은 언니,
오빠가 있었다는 걸 기억이나 할까? 언감생심, 아빠 얼굴조
차 기억하기 어려울 것이다. 엄마는 아빠의 부재를 어떻게 설
명할까.

폭력을 당한 아이들은 이제 용서할 기회마저 잃었는데 여
자의 머릿속에서 남자는 여전히 '우리 남편'이었다. 왜 그런
지 자꾸 화가 치밀었다. 부모로서 화가 나는 건지, 같은 어른
으로서 부끄러워 화가 나는 것인지 모르겠다.

남겨진 사람이, 남겨진 감정이 많은 곳에 가면 몸보다 마

음이 너무 지친다. 더구나 남겨진 사람이 아이들일 때는 더더욱 그렇다. 모쪼록 이 젊은 엄마가 단단하게 마음을 세우고 이제라도 아이들을 따뜻하게 보호하며 살아주기를 바랄 뿐 다른 도리가 없다.

차라리
아무도 없었다면

찌는 듯한 여름. 작은 원룸의 고독사 현장을 찾았다. 고인의 딸이 의뢰를 해왔다. 이날은 독립영화를 제작하는 감독이 현장에 동행했다. 감독은 삶과 죽음을 다룬 〈숨〉이라는 독립 다큐멘터리 영화를 찍고 있었고, 이 영화는 후에 2023년 전주국제영화제에 초청되었다. 그는 '죽음 뒤에 육체를 떠난 영혼은 어디로 가는 걸까'라는 질문에 대한 답을 영화로 그려내고 싶어 했다.

고독사 현장은 날이 더울수록 상황이 안 좋아진다. 물론 겨울에도 보일러를 세게 가동했거나 전기장판 위에서 사고가 발생한 경우에는 현장 수습이 쉽지 않지만 여름의 상황과 비교할 수는 없다. 날씨가 추우면 구더기나 파리가 생겼다가도 금세 얼어 죽지만 여름에는 지독히도 불어난다. 그래서인지 원룸 문을 여니 시취가 상당했다. 고인의 마지막 흔적이 방 한편에 고스란히 남아 있었다. 인기척을 느낀 구더기들이 사방으로 흩어졌다.

짐이랄 것도 없는 조촐한 살림이었다. 살림이 너무나 단출해서 고인의 고난조차 읽어내기 어려웠다. 그래도 유가족과의 전화 통화를 통해 대략이나마 고인의 사연을 접할 수 있었다.

고인은 공부를 잘해 어릴 때부터 수재 소리를 들었고, 의대를 졸업한 후 동기들과 성형외과를 차려 크게 성공했다고 한다. 하지만 한번 성공하자 욕심이 생겼고, 욕심은 끝없이 불어났다. 그는 주변 사람들의 말만 듣고 중국으로 넘어가 병원을 더 크게 차렸다. 투자를 유치해 중국에 차린 성형외과는 처음에는 성공하는 듯 보였다. 하지만 낯선 나라, 그것도 공권력과 행정 당국이 절대적인 힘을 가지고 있는 나라에서 사업을 한다는 건 실력 이상의 수완을 필요로 하는 일이었다.

얼마 지나지 않아 중국 현지 경찰과 마찰이 생겼고 병원 운영
은 차질을 빚었다. 백방으로 노력해봤지만 결국 투자금도 회
수하지 못하고 말 그대로 쫄딱 망하고 말았다. 쫓기듯 겨우겨
우 한국에 돌아왔지만 도망자 신세를 면치 못했다.

지인에게 도움을 받아 어렵게 의학품 제조업체의 배달 운
수업 자리에 취직을 했지만 극도의 스트레스와 약해진 몸은
작은 노동도 감당하지 못했다. 빚쟁이가 들이닥칠 것 같은 두
려움, 왜 그런 선택을 했을까 싶은 자책, 잘못한 것 하나 없는
데도 모든 게 망가져버린 현실에 대한 원망……. 형제가 있긴
했지만 그 누구도 도와주지 않았다. 재기는커녕 하루하루 살
아가기가 고달팠다. 스스로 살 길을 찾아야 했다.

고인의 유품을 정리하다 보니 공부를 했던 흔적이 보였다.
공인중개사 시험 준비를 하고 있었던 듯하다. 그는 고시원과
별다르지 않은 골방에서 과거의 성공과 현재의 실패를 끼니
대신 곱씹었다. 밥 대신 담배만 피워댔는지 쓰레기봉투에는
담뱃갑이 가득했다. 냉장고는 텅텅 비었고, 주인 잃은 시계만
이 이 집에서 유일하게 살아 있었다. 조용히 찾아든 불운은
고인을 끝도 없는 나락으로 떨어뜨렸다.

몇 가지 되지도 않는 유품으로 고인의 인생을 추리하고, 주섬주섬 동행한 감독에게 설명해주었다. 무슨 말을 더 할 수 있으랴. 그저 고인의 마지막 길을 잘 배웅해주는 것밖에, 그가 그곳에서라도 편안하게 쉴 수 있기를 바라는 것밖에, 내가 할 수 있는 일은 그뿐이었다.

정리를 시작한 지 얼마되지 않아, 고인의 형이 찾아왔다. 그는 그런 쪽으로는 영 모르는 내가 봐도 엄청 고가로 보이는 수입차를 타고 왔다. 별다른 말도 없었다. 짧은 인사가 대화의 시작이자 끝이었다. 현장에 대해 설명을 해도 관심이 없었다. 이럴 거면 뭐 하러 왔나 싶은 생각이 들 만큼 휭하니 왔다가 휭하니 가버렸다. 말 그대로 스쳐 지나갔다고 해야 할까. 실은 자주 있는 일이다. 남보다 못한 가족. 없어도 아무 상관 없을 가족. 오히려 없었다면 나았을 가족. 한두 번 겪는 일이 아니라 나도 직원도 실소조차 나오지 않았다.

동생은 보증금 300만 원짜리 골방에 살다가 돌연사했다. 밥솥에 눌어붙은 오래된 밥, 참치 캔, 달걀 한 개, 커피믹스, 수많은 담배꽁초. 살아 있을 때 한 번이라도 와서 동생이 어떻게 사는지 둘러보기라도 했을까. 큰일을 겪은 그의 건강이 괜찮은지 안부 한번 살뜰하게 챙긴본 적 있을까. 아마 그렇지 않았을 거다.

수입차를 타고 다니면서 왜 동생을 방치했냐고 비꼬는 게 아니다. 안다, 그들에게는 그들만의 사정이 있으리라는 것을. 그래도 어쨌든 동생이 힘든 시간을 붙들고 있다가 죽었다. 동생이 살았던 마지막 공간이고, 동생을 느낄 수 있는 마지막 순간인데 어쩜 저렇게 냉담할까. 남인 나도 이렇게 안타까운데 가족이라는 사람이, 형제라는 사람이 저렇게밖에는 행동할 수 없을까. 내가 참견할 일이 전혀 아님에도 감정이 들쭉날쭉 치솟았다. 마음을 애써 진정시키고 있을 때 감독이 물었다.

"고인이 가장 힘들어했던 건 무엇이었을 것 같으세요?"
"……전부요. 여기 보이는 모든 것."

적막한 공간, 암담한 미래, 좀처럼 가벼워지지 않는 삶의 무게 그리고 참담하리만치 지독한 외로움. 좁은 방 한 칸에서 발견한 거의 모든 것이 그의 고통으로 읽혔다.

"차라리 아무도 없었다면 오히려 살아냈을 거예요. 가족, 형제가 차라리 없었다면……. 어떻게 해도 답이 나오지 않을 때는 말이죠, 자꾸 다른 사람을 탓하게 돼요. 그러면 그 순간만큼은 편해지니까. 그런데 나 자신은 알거든요. 탓할 일이 아니라는 걸. 그럼 남을 탓한 자신에 대한 실망감까지 더해지면 점점 고통스러워져요. 그런 시간이 반복되면 삶의 의지가 점차 사라지거든요. 죽으면 끝날까, 죽으면 편할까, 하고요."

높은 곳에서 삶의 밑바닥까지 떨어진 사람이 그 낙차를 견디기란 쉬운 일이 아니다. 그리고 그렇게 떨어져 상처입은 나를 아무도 도와주지 않는다는 원망에 그 사람은 한 번 더 다친다. 그럴 때는 탓할 사람이 아무도 없는 게 오히려 낫다. 나를 도와줄 수 있는 사람이 있다는 것 자체가 희망인 동시에 고문으로 느껴질 때가 있다.

희망고문이라는 말이 괜히 있는 게 아니다. 기대했다가 실망하고, 실망했다가 탓하고, 그러다가 다시 한 줄기 기대를 품었다가 넘어지는 과정이 고문이 아니고 뭘까. 차라리 내게는 아무것도 없으니 바닥에서 박박 기더라도 스스로의 힘으로 일어나겠다고 이를 악무는 것이 낫지, 응답 없는 기대와 실망의 되풀이는 그야말로 사람을 지치게 한다.

죽은 사람은 말이 없지만 고독사 현장에는 늘 미련이 가득하다. 그들이 세상에 무슨 말을 하고 싶었는지를 자연스레 알게 된다. 고인의 집에 찾아왔던 형은 희망인 동시에 고문이었을 것이다. 잡지 못할 지푸라기라면 없는 게 나을 때도 있는 법이다.

겨울 다음
봄

사다리차를 이용할 수 없는 빌라 4층이었다. 고인은 자살로 생을 마감했고, 유품정리를 의뢰한 사람은 고인의 매형이었다. 폴리스라인을 뜯고 안으로 들어갔다.

한겨울 고독사 현장에서 흔히 겪는 일이 있다. 부패한 시신에서 흘러나온 유해가 이불에 스며들고 다시 마르면서 바닥이나 침대에 들러붙는 것이다. 힘껏 힘을 주어 뜯어낼 때 들리는 소리도 이제는 익숙하다. 이부자리를 정리하고 부패물을 닦아냈다.

무릎을 꿇고 일하다 보니 뼈가 아파서 무릎 보호대를 샀다. 이번에 처음 사용했는데 사길 잘했다는 생각이 들었다. 쪼그리고 앉아서 일하다가 허리를 다친 적이 있어서 그때부터는 아예 무릎을 꿇고 일하는데 처음에는 괜찮더니 이제 이마저도 말썽이다.

내가 유품을 정리하고 포장을 해놓으면 같이 일하는 직원이 밖으로 들고 나간다. 각자 잘하는 걸 맡아서 하자고 결정한 후에 이것이 암묵적인 작업 방식이 됐다.

고인의 유품에서는 귀중품이나 현금, 통장, 중요한 서류 외에도 유가족에게 전달해야 할 메모라거나 유서, 편지 등이 종종 발견된다. 하지만 우리 직원은 꼼꼼하지 않은 성격이라 이런 걸 잘 찾아내지 못한다. 또 부패물을 치우거나 이부자리를 정리하는 것은 가장 중요하게 생각하는 일이기 때문에 꼭 내가 해야 직성이 풀린다. 그래서 직원에게는 유품 반출 작업을 맡긴다. 이번 현장은 4층이니 고생이 많을 것이다.

고인은 방문 문고리 부분에 빨랫줄을 매달아 자살했다. 보통 목을 매달아 자살하는 사람은 정말 삶의 의지가 없는 경우다. 반드시 죽겠다는 생각으로 선택하는 방법이다. 영화에서

처럼 높은 곳에 의자를 밟고 올라가 목을 매달고 의자를 발로 찬다면 살고 싶어져도 방법이 없을 테니 결국 죽겠구나 싶을 것이다. 하지만 현실에서 목을 매다는 방식은 전혀 다르다. 집에 그렇게 높은 곳도 없고, 사람의 무게를 감당할 수 있는 곳도 없다.

문고리는 성인 남성의 표준 키보다 낮다. 키가 아무리 작아도 끈의 길이까지 염두에 두면 거기에 목을 매달기는 힘들다는 뜻이다. 목을 매달아 자살하는 사람들은 대부분 앉아서 죽는다. 끈을 매달아 놓고 술을 마시거나 수면제를 먹고 점점 몸에서 힘이 빠지면서 서서히 목이 졸려 죽는다. 삶에의 의지가 조금이라도 있다면 감히 선택할 수 없는 방법인 것이다.

고인이 이렇게까지 죽고 싶었던 이유는 무엇이었을까. 무엇이 고인을 그렇게 힘들게 했을까. 현장에서 발견되는 메모나, 편지, 독촉 서류 등을 보고 대충 짐작만 할 뿐이다. 그마저도 발견되지 않는 현장에서는 죽음의 이유를 알 방도가 전혀 없다. 이번 현장에서는 빚 독촉 서류가 보였다.

이제 반백 년을 살았을 뿐이었다. 고통을 얼마나 크게 받아들이느냐는 사람에 따라 다르다는 걸 안다. 내게는 대수롭지 않은 일, 충분히 이겨낼 수 있는 일, 툭툭 털고 다시 시작할 수 있는 일처럼 보여도 다른 사람에게는 그렇지 않을 수 있다. 작은 돌부리에 걸려 넘어졌어도 한참을 일어나지 못하는 사람도 있는 법이다.

그래도 마지막의 마지막까지 미련 한 점 비치지 않는 방법을 선택할 만큼의 고통이었을까. 씁쓸하고 암담했다.

"작업 마쳤습니다."

작업을 의뢰했던 매형에게 유품을 전달했다.

"아이고⋯⋯ 나쁜 사람⋯⋯."

이분도 알았을 것이다. 고인이 어떤 방법으로 생을 마감했는지.

나오는 길에 보니 빌라 입구에 있는 화분에서 새싹이 올라오고 있었다. 절로 "예쁘다"는 말이 나왔다. 겨울을 이겨내고 새로 돋는 생명의 색깔은 왜 저리 찬란한가. 저 여린 새싹이 품고 있는 생명력은 얼마나 경이로운가. 겨울이 지나갔다. 이제 곧 봄이 올 것이다.

인생에도 계절이 있다. 한 계절만 지속되지 않는다. 사계절이 몇 번이고 반복된다. 의욕을 품고 새로운 것을 배울 때도 있고, 눈 부시게 성장할 때도 있고, 좋은 사람을 만나 꽃 같은 한때를 보내기도 하고, 실패에 좌절하기도 하고, 숨죽여 때를 기다릴 때도 있는 법이다. 인생은 굽이치고 이번 모퉁이를 지나면 무엇이 기다리고 있을지 아무도 장담할 수 없다. 눈 덮인 산과 꽁꽁 언 강만 보이는 겨울이라도 그 시간이 지나면 따스한 봄이 찾아온다. 눈 덮인 땅속에서도 씨앗은 싹을 틔우기 위해 홀로 분주하다.

단단히 옷을 여미고 겨울을 버티고 나면 포근한 봄이 선뜻 다가오기도 하는 법이다. 곧 다가올 봄을 못 보고 가버린 고인이 못내 아쉽다.

죽음을
마중 나가지 말기를

급작스레 예기치 않은 죽음으로 이별하는 사람이 있는가 하면, 자기도 모르는 사이 죽음 쪽으로 서서히 발길을 돌리는 사람도 있다. 생의 의지를 잃은 사람들, 이를 악물고 살아보겠다고 독하게 마음먹지도 못하고 그렇다고 단번에 죽을 용기도 없어서 죽기를 바라며 하루하루를 흘려보내는 사람들.

이번 현장은 고시원이었다. 내 유튜브를 구독하고 있던 고시원 총무가 무료 특수청소를 신청했다. 50대 초중반쯤 되는 중장년 남성이 고독사한 현장이었다. 반 평짜리 고시원에는 고인의 유품이랄 것도 없었고 고인의 신원 확인을 위한 물품은 모두 경찰 측이 가져가서 정확한 나이는 알기 어려웠다. 50대라는 나이도 그저 고시원 총무가 가늠한 것이었다.

이곳에는 유튜버 한 명이 동행했다. 공중파, 신문사, 유튜버, 복지관 등 다방면에서 내게 동행 요청이 들어온다. 처음에는 전부 승낙해 현장에 함께 갔다. 더 많은 사람에게 고독사를 알릴 수 있는 좋은 방법이라고 생각했기 때문이다. 하지만 최근에는 모두 거절하고 있다. 고인에게 집중할 수가 없어서다.

어쨌든 내 직업은 유품정리사고, 내게 가장 중요하고 집중해야 하는 일은 유품정리다. 고독사를 널리 알리고 예방하는 일도 중요하지만 고인의 마지막 이사를 돕는 일이 우선이라는 생각이 들었다. 다만 이번 동행 요청은 젊은 청년이 홀로 운영하는 채널이라 아들 같아서 거절하기 어려워 승낙했다.

시신 수습을 위해서였는지 실내를 가득 채우는 작은 침대가 세워져 있었다. 공간이 워낙 협소해서 고시원은 나 혼자 들어가 작업하곤 하는데, 성인 남자 둘이 들어가 있으려니 더

더욱 비좁았다. 방이 다닥다닥 붙어 있어서 내가 짐을 포장해 문 앞으로 전달하면 거기 대기하고 있던 우리 직원이 받아서 즉시 실외로 반출한다. 포장을 했어도 냄새가 나기 때문에 이 작업은 매우 빠르게 이뤄져야 한다.

이번 현장은 고시원 중에서도 특히 좁았다. 서로 나란히 서서 반대 방향으로 가고자 하면 서로 부둥켜안고 자리를 맞바꿔야 할 지경이었다. 욕실 겸 화장실로 마련된 공간도 말도 못 하게 좁았다. 그마저 변기 쪽으로는 접근조차 쉽지 않았다. 체구가 정말 마른 사람이 아니고서는 볼일을 잘 볼 수도 없을 것 같았다.

고인의 흔적을 먼저 깨끗이 닦아내고 방 쪽에 있는 작은 수납장을 열었다. 유품 대신 술병이 가득했다. 총무에게 이야기를 들어보니 술병을 모아놨다가 중간중간 한꺼번에 치우곤 했다고 한다. 치우고서도 이 정도라니……. 대체 얼마나 술을 퍼마셨던 걸까.

음식물 쓰레기도 잔뜩 썩어서 바퀴벌레 천지였다. 청소기로 아무리 빨아들여도 바퀴벌레는 계속해서 기어 나왔다. 시신을 수습하면서 남겨놓은 고인의 옷과 고인이 사용했던 이불도 화장실에 있었다. 딱히 놓아둘 공간이 없으니 이곳에 넣어놓은 것이다. 안 그래도 좁은 화장실에도 술병이 빼곡했다. 치우고 치워도 술병이 끝이 없으니 안타까운 마음에 나도 모르게 잔소리가 터져 나왔다.

"이걸 이렇게 드시면 죽겠다는 이야기지. 도대체가⋯⋯."

현장에 함께한 유튜버는 어지간히 놀란 모양이다. 촬영을 하면서도 집 안 상태나 고인이 쌓아둔 어마어마한 양의 술병에 할 말을 잃은 모습이었다.

고인은 사망 후 10일여 만에 발견됐다. 부패가 시작되고도 한참 있다가 발견됐다는 이야기다. 일반 원룸이나 주택도 아니고 고시원에서 어떻게 그럴 수 있나 싶겠지만 이미 이 공간은 음식물 썩은 냄새가 더 지독할 지경이었다. 생활을 정돈하겠다는 마음, 살아보겠다는 의지가 이미 오래전에 사라진 공간이었다.

술을 이렇게 마셔댔는데 건강했을 리 만무하다. 더구나 위생상태가 이렇게 엉망이고, 바퀴벌레까지 득시글거리는 이런 환경에서는 살아 있는 게 용할 지경이다.

번개탄을 피우고 목을 매달아 죽어야만 자살이 아니다. 이렇게 자신을 방치하는 것 역시 자살이다. 고인은 삶의 희망

없이 의지를 놓고 매일 술을 마셨다. 점점 나빠지는 건강 상태도 느꼈을 테고, 다가오는 마지막도 예감했을 것이다. 예견된 죽음이었고, 스스로 선택한 결과였다.

"사는 동안은 사는 것처럼."

내가 자주 하는 말이다. 그 공간에서 고인은 제대로 살았다고 말하기 어렵다. 언젠가는 우리 모두가 죽지만, 고인은 적극적으로 죽음을 마중 나갔다. 안다. 손 하나 까딱할 수 없을 만큼 아무런 의욕도 생기지 않고, 기력도 없을 때가 있다는 걸. 하지만 그럴 때일수록 정말 작은 일부터 해나갈 필요가 있다. 술을 사 먹을 기운이 있었다면, 쓰레기를 치울 기운 정도는 짜낼 수 있었을 것이다. 주변이 조금만 정리돼도 기분이 달라진다. 다시 한번 잘 살아보고 싶다는 태도의 전환도 일어난다. 아주 사소한 변화에서 삶의 의욕은 조금씩 회복되기도 하는 법이다.

딱 한 걸음만. 죽음으로 달려가지 말고, 딱 한 걸음만 삶 쪽으로 방향을 틀었다면 어땠을까. 아쉬운 마음에 오늘도 애꿎은 술병에 길게 눈길을 보낸다.

3장.

인생에 드리워진 그림자를 걷으며

홀로 버텨온
인생

"우울하면 과거에 사는 것이고, 불안하면 미래에 사는 것
이고, 편안하면 이 순간에 사는 것이다."

노자의《도덕경》에 나오는 말이다. 고독사 현장에서도 이
말을 확인할 수 있다. 과거에 매여서 한 발도 앞으로 내디딜
수 없었던 분에게서는 우울이, 미래에 대한 걱정에 끝도 없이
사로잡혔던 분에게서는 불안이 읽혔다. 과거나 미래를 생각
하면서 반성하고 계획하며 현재를 살아야 한다는 것을 다들
안다. 그러나 그렇게 충실히 지금 이 순간을 살아갈 수 있는

그 균형점을 찾기는 얼마나 어려운지…….

고인의 조카가 의뢰해서 얼마 전에 다녀온 현장이었다. 고인은 사후 한 달여간 방치됐고 악취로 인한 신고 때문에 발견됐다. 경찰 측이 고인의 가족을 수소문했고, 그 끝에 찾아낸 것이 조카였다.

계속 왕래하며 지내온 사이가 아니었기에 조카도 고인에 대해 아는 것이 별로 없었다. 다만, 고인은 칠순이 되도록 혼자 살았다고 한다. 결혼하지 않았고 자식도 없었다. 고인은 가족과 일절 소통하지 않고 고독하게 살다가 쓸쓸한 죽음을 맞이했다.

노인 여성의 집에는 대체로 살림살이가 많다. 고인의 집도 마찬가지였다. 그런데 조카가 이미 다녀갔는지 집이 어수선했다. 고인이 살아생전 정리를 하지 않고 살아간 느낌이 아니라 누군가 와서 고인의 유품을 직접 찾아본 흔적으로 보였다. 아무리 너저분하게 사는 사람이라도 젊은 날에 찍은 오래된 사진들을 방바닥에 던져놓지는 않을 테니 말이다. 배달음식 용기나 택배 박스가 사방에 널린 쓰레기 집에 사는 사람도 소중한 추억이 담긴 물건은 수납장에 보관한다. 아마도 조카가

고모 소식을 듣고 이미 현장에 와서 유품을 찾아간 듯했다. 그래도 혹시나 전달해야 하는 물건이 남아 있진 않을까 싶어서 꼼꼼히 확인하면서 유품을 정리하기 시작했다.

고인은 아주 성실한 사람이었다. 젊은 날부터 오늘날까지 정말이지 쉬지 않고 일했다. 일에 필요한 자격증도 수두룩했다. 조리사 자격증은 이미 오래전에 취득해서 최근까지도 식당에서 일을 했다. 이 모든 이야기는 일기장에 빼곡하게 적혀 있었다. 칠순 노인이 일기를 쓰고 있었다니 생소해서 나도 모르게 글줄을 계속해서 읽어나갔다.

고인은 젊었을 때부터 가난을 벗어나기 위해 열심히 일했다. 취미도 딱히 없는 채로 계속 혼자 살았다. 이성이든 동성이든 타인에게 관심이 없었고 돈을 벌어 안정적으로 살아갈 생각만 했다. 그 덕분에 아파트도 장만할 수 있었다. 다만, 아주 긴 세월이 걸렸을 뿐이다.

이틀에 담배 세 갑을 피우고 이삼일에 한 번 소주를 마셨다. 그날 무엇을 먹고 무엇을 샀는지는 달력과 수첩에 모두 꼼꼼하게 적어뒀다. 고인은 한 푼도 허투루 쓰지 않는 사람이었다.

70년 온 생을 그렇게 살았고, 안락한 집도 있었다. 하지만 남은 생을 함께할 가족은 없었다. 고인은 돌연 집에서 쓰러졌고 아무런 도움을 받지 못한 채 홀로 죽어갔다. 그리고 죽고 나서도 한 달이 다 되도록 방치됐다. 날이 따뜻해지면서 한 집 두 집 창문을 여는 집이 생겨나고 어디선가 고약한 악취가 난다는 신고로 겨우 발견된 주검이었다.

그녀의 부재를 걱정해줄 사람도, 죽음을 슬퍼할 사람도 없었다. 형제자매가 있다 한들 수십 년간 연락 한번 하지 않았다면 이미 남남이다. 남아 있는 정도, 죽음을 슬퍼할 눈물도 없는 사이라는 뜻이다.

왜 이토록 철저하게 고립되어 홀로 살았을까? 내게는 알아낼 방도가 없었다. 일기나 메모 어디에도 과거의 어떤 사연 같은 건 적혀 있지 않았다. 얼마나 치열하고 성실하게 살아왔는지만 세세하게 쓰여 있을 뿐이었다.

젊은 날에는 누구나 불투명한 미래 앞에서 불안에 떤다. 이렇게 해볼까, 저렇게 해볼까 생각하며 계획을 세우고 분주하게 뛰어다닌다. 불안하니 뭐라도 해야겠다 싶어서 한시도 쉬지 못한다. 하지만 어느 정도 안정을 이룬 이후에는 건강도 챙기고 주변도 챙기면서 자신의 몸과 마음을 돌보기 마련이다. 하지만 고인은 그러지 않았다. 70세가 되도록 하루도 편히 쉬지 않았다. 마지막 순간까지도 미래의 불안만을 껴안고 있었다. 고인에게 안정적인 삶이란 대체 뭐였을까.

여행 한번 가지 않았고 외식 한번 하지 않았다. 끼니를 거르진 않았으나 늘 단출했고 단조로운 생활을 이어왔다. 무엇을 위해 이렇게까지 열심히 일하고 아끼며 살았을까.

시한부가 아니고서야 누구도 죽을 날을 알지 못한다. 고인도 마찬가지다. 자신이 이렇게 갑작스레 죽을 줄 알았다면 그녀의 삶에 조금은 변화가 있었을까? 타인과의 소통이나 사랑이 전무했던 고인의 인생이 너무나 고독하게 느껴졌다.

그녀가 선택한 삶의 방식을 두고 내가 가타부타 말을 할수는 없다. 살아온 삶은 마지막 순간에 오직 그 자신만이 평가할 수 있기 때문이다. 허나 고인의 유품을 정리한 사람으로서 한 가지만은 판단할 수 있었다. 그녀의 삶은 마지막까지 고독했다는 것.

희로애락이 전혀 느껴지지 않는 한 사람의 인생을 지우는 작업은 참으로 공허했다. 문득 '이것이야말로 고독사구나'라는 생각이 스쳤다. 고독사는 다른 말로 절망사라고 부르기도 한다. 절망과 좌절 때문에 조금씩 생활이 무너지고 관계도 끊겨 홀로 죽게 되기 때문이다. 하지만 이번 현장은 절망스럽지는 않았다. 오로지 고독만이 가득했다. 고인이 선택한 인생처럼 느껴져 어쩐지 더 안타까운 마음이 들었다. 내일만 생각하며 불안과 고독 속에 살아온 고인의 일평생이 애달프다.

당신을
기억하는 일

사람이 떠난 후에는 무엇이 남을까. 생과 사의 가느다란 경계선을 실감하며 늘 생각한다. 현장을 정리하면서 나는 유가족에게 값이 나가는 물건이나 고인이 소중하게 생각한 것들, 유가족과의 추억이 어린 물건을 건넨다. 남은 사람이 고인을 두고두고 기억할 수 있는 물건, 시간이 지나도 가끔이나마 그와 함께한 시간을 떠올릴 수 있는 물건. 그러나 그 추억과 시간의 깊이를 제삼자인 내가 가늠하고 이해한다는 건 애초부터 어불성설일지도 모른다.

얼마 전 30대 중반의 젊은 여성이 의뢰를 해왔다. 유튜브를 통해 나를 알게 됐고 근래에 책도 사서 읽었다고 했다. 그때만 해도 본인이 내게 연락을 하게 되리라고는 꿈에도 생각 못 했는데 이런 일을 겪고 보니 내 생각밖에 안 났다고 했다. 동생을 잃었다는 그녀의 목소리는 여느 유가족처럼 슬픔에 잠겨 있었다. 그때까지만 해도 평범한 의뢰라고 생각했었다.

도착한 곳은 서울 한복판의 오피스텔. 처음 통화를 할 때 특수청소가 필요한 상황은 아니라고 했기에 고인이 집에서 생을 마감했을 거라고 생각하지 못했다. 현장을 보고 나서야 뭔가 생각과 다르다는 걸 알았다. 화장실에서는 매캐한 번개탄 냄새가 났고 한구석에는 포장된 번개탄이 놓여 있었다. 고인은 화장실에서 스스로 생을 마감했다.

이미 전날에 고인의 언니와 부모님 그리고 언니의 남자친구가 중요한 물건은 모두 찾아갔다고 했다. 내가 방문한 날도 그들은 모두 현장에 모여 있었다. 집에 들어가니 숭숭 물건 빠진 자리가 눈에 보였다. 내가 유품을 정리하는 동안에도 그들은 버리지 말아야 할 물건을 시시콜콜 이야기했다. 고인의 옷가지, 가전제품, 소소한 소품이며 생필품까지 전부 버리지 말라고 했다.

고인은 꽤 다양한 운동을 즐기는 사람이었다. 헬스, 요가, 수영, 축구, 테니스 등 정적인 것부터 격렬한 것까지 모든 운동을 좋아했던 것 같다. 이렇게나 운동을 좋아하는 건강한 그녀가 왜 그런 극단적인 선택을 했을까. 알 수 없는 일이었지만, 그렇다고 유가족에게 물어볼 수도 없는 일이었다.

가족들은 전날 중고가전업체를 불러서 부피가 나가는 가전제품을 모두 처분했다고 했다. 냉장고 안에 있던 음식물은 싱크대 한편에 가지런히 쌓여 있었다. 폐기 처리를 위해 담으며 보니 닭가슴살과 양파즙, 양배추즙 같은 건강보조식품과 과일뿐이었다.

"여기 있는 음식물은 모두 버릴까요?"

"아니, 아니요. 버리지 마세요. 깎아 먹을 거야. 우리 과일이나 깎아 먹자~."

그들은 나란히 거실 소파에 앉아 오순도순 과일을 깎아 먹었다. 내가 유품정리사가 아니었다면 '참 단란한 가족이구나'라고 생각할 법한 광경이지만, 눈앞에 펼쳐지는 풍경과 이

장소가 품고 있는 사연의 이질성 때문에 당혹스러운 기분을 감출 수 없었다. 남이라고 해도 저렇게 태연할 수는 없을 텐데 하물며 자식이자 형제가 마지막 순간을 보낸 곳이거늘. 어떤 일이 있었든 스스로 목숨을 버린 안타까운 장소이거늘.

"대표님도 이리 와서 좀 드셔~."
"아니요. 괜찮습니다."

차마 뭐라고 할 말을 찾을 수 없어 고개를 돌리고 부지런히 유품을 정리했다. 한참을 작업하고 있는데, 언니의 남자친구라는 사람이 고인이 사용했던 값나가는 물건을 바리바리 차에 싣는 걸 보고는 화가 치밀다 못해 울컥했다.

"대표님, 저 죄송한데 아까 작은 스피커가 있었거든요. 혹시 어디 있는지 아세요? 아무리 찾아도 없네."
"훼손될 것 같아 등산가방에 넣어서 드렸는데 잊으셨나 봐요."
"아, 여기 있네요! 찾았어요."

아무래도 이들에게는 이곳이 그저 빨리 정리하고 잊어버려야 할 공간인 모양이었다. 이곳과 사뭇 달랐던 작년의 어느 현장이 떠올랐다.

젊은 청년이었던 고인은 외국인 여성과 교제를 했고 아버지의 반대를 무릅쓰고 결혼을 감행했다. 그렇게 아버지와는 완전히 연이 끊겼다. 그런데 결혼 후 비트코인에 손을 댔고 막대한 손해를 입었다. 고인의 부인은 생활고를 견디지 못하고 그의 곁을 떠났다. 절망의 끝에서 청년은 죽음을 택했다. 그 집에서 유품을 정리하던 중에 아버지에 대한 원망으로 시작해 원망으로 끝나는 유서를 발견했다.

아버지에게 소식을 전한 것은 고인의 친구였다. 술에 취한 고인이 친구에게 전화를 걸어 삶을 비관하고 자살 이야기를 꺼내는 일이 평소에도 잦았다고 했다. 친구는 그날도 흔한 술주정이겠거니 하고 대수롭지 않게 여겼다. 그리고 2주 정도 지나서 고인에게 전화를 걸었다. 몇 번이나 통화를 시도했지만 그는 끝내 전화를 받지 않았다. 친구는 고인의 집으로 찾아갔고, 그의 죽음을 처음으로 발견한 사람이 되었다.

현장에 찾아온 아버지는 현관에 놓인 아들의 신발을 끌어

안고 끝없이 오열했다.

부모를 잃은 사람은 고아, 남편을 잃은 사람은 과부, 아내를 잃은 사람은 홀아비라고 부르지만 자식을 잃은 사람을 지칭하는 말은 없다. 자식을 앞세운 부모의 심경을 감히 상상할 수도 뭐라 말을 보탤 수도 없기 때문이리라. 나 역시 아이를 키우는 입장에서 상상만으로도 죄의식이 들고 심장이 아득히 조여와 눈물이 난다.

퇴근을 하고 집에 오면 아내와 하루 동안 있었던 일에 대해 대화하곤 한다. 그날도 자고 있는 막내의 발을 주물럭거리며 아내와 조곤조곤 이야기를 나눴다.

"나는 솔직히 이해가 안 돼. 어떻게 자식이 죽은 집에서 하하호호 이야기를 나누고 과일을 깎아 먹을 수가 있어?"

"나도 이해가 안 되지. 그렇게 빨리 아이 물건을 정리하는 것조차 나 같으면 못 할 것 같아."

글을 쓰면서 되도록 고인의 사연에 개인적인 감정이나 생각은 안 넣으려고 하는 편이다. 화가 난다, 먹먹했다 정도의 포괄적이고 보편적인 표현만 쓰려고 노력한다. 그들에게는 나름의 사연이 있고 나는 그걸 다 알 수 없기 때문이다. 아내와 대화할 때만 내 모든 마음을 솔직하게 표현할 따름이다.

유튜브에 올린 내 영상을 보고도 욕을 하는 사람이 있는가 하면 응원을 하는 사람도 있다. 유품정리도 분리수거를 고려해서 하라는 사람도 있고, 그런 일을 하면서 어떻게 점심 밥이 넘어가느냐는 험한 말을 하는 사람도 있다. 같은 것도 어떻게 보느냐에 따라 반응이 가지각색이다. 그래서 더욱더 개인적인 의견을 피하게 된다.

그래도 아무리 이리저리 생각해봐도 납득이 안 될 때가 있다. 사후 사흘 만에 발견됐고, 장례식 이후 넉넉잡아 일주일. 아이를 가슴에 묻기에는 너무나 부족한 시간이다. 후회와 죄책감으로 아들의 신발을 끌어안고 울던 아버지와 이들에게는 어떤 차이가 있는 걸까? 미련의 크기일까, 사랑의 크기일까. 내가 떠나고 난 자리에서 남은 이들이 어떠한 모습이기를 나는 바랄까. 너무 애달파하는 것도 원치 않지만, 아무런 감정 없이 사무적으로 일을 처리한다면 그 또한 마음 아픈 일이 아닐까. 아주 가끔은 나를 떠올리며 그리워해줬으면 하지 않을까. 내가 남긴 무언가를 몇 년에 한 번쯤은 들여다보며 나를 떠올려줬으면 하지 않을까.

"또 한 명의 인생을 지웠습니다."

유튜브 영상을 마무리하며 늘 사용하는 문구다. 하지만 이번 현장은 이미 너무나 이르게 모두의 기억 속에서 지워진 것만 같아 고인이 너무 가여웠다. 나라도 그를 이렇게나마 기억하려고 한다. 그곳에서는 부디 너무 쓸쓸하지 않으시기를.

어리석은
사랑

"본능, 필요, 의지. 당신은 셋 중에 사랑이 뭔 것 같아?"

"글쎄⋯⋯, 처음에는 본능이나 필요 같은 걸로 시작해도 사랑을 오래오래 이어가고 가꿔가려면 의지가 있어야 하니까 결국에는 의지 아닐까?"

"그치, 나도 아무리 미워도 그 관계를 끝까지 지키려는 의지가 사랑이 아닌가 하는 생각을 자주 하게 돼. 근데 세상에는 사랑을 '필요'로 생각하는 사람도 있는 것 같아. 나한테 필요한 걸 채워주는 걸 사랑이라고 착각하는 거지. 그게 나쁘다는 게 아니야. 그런데 그렇게 기울어진 관계가 계속되면 언젠가 무너질 수밖에 없잖아. 그런 모습을 보면 마음이 아파."

아내와 사랑에 대해, 인연에 대해, 약한 마음을 이용하는 악한 사람들에 대해 많은 이야기를 나눴다. 그건 한 고독사 현장을 방문하고 난 뒤의 일이었다.

고인은 60대 중반의 여성. 집주인의 의뢰를 받고 찾아간 현장에서 집 문을 열자마자 식탁을 보았다. 식탁 위에는 코로나19 자가진단 키트가 놓여 있었다. 전염병이 한창 창궐하던 시기, 강경한 정책으로 철저한 격리와 거리두기가 지켜지던 때였다. 시끄럽게 울려대는 재난 문자 속 사망자 숫자는 멈출 줄을 몰랐다.

식탁 위 자가진단 키트는 두 줄이었다. 양성 판정. 고인은 코로나19로 사망한 것으로 추정됐다. 혼자 사는 사람이 가장 외롭고 힘들 때가 바로 아플 때다. 내 몸 하나 건사할 기운도 없는데 생활하면서 생기는 모든 크고 작은 일을 스스로 해결해내야만 한다. 그래서 혼자 사는 사람에게는 더더욱 서로의 안부를 챙길 수 있는 가까운 지인이 꼭 필요한데, 이미 오래전에 공동체가 무너진 사회에서 그걸 기대하기란 요원한 일이다. 고인의 마지막이 얼마나 쓸쓸했을지를 생각하니 가슴이 저렸다. 뻘겋게 표시된 두 줄이 야속하게만 느껴졌다.

몸이 아팠던 탓에 침대 위에서 마지막으로 사용했던 이불에서만 유해의 흔적이 보였고, 다행히 이번 현장은 오랫동안 방치되지는 않은 상황이었다. 심할 때는 백골이 다 되어서야 사망 사실이 발견되기도 하니 불행 중 다행이라고 해야 할까.

고인의 유품을 정리하는데 편지 뭉텅이가 발견됐다. 사망 직전의 상황이나 유서, 중요 서류 등이 포함되어 있을 수 있기 때문에 유품을 정리할 때 문서는 무엇이든 꼼꼼하게 확인해야 한다. 그렇게 정리한 문서는 고인의 가족에게 전달한다.

편지는 수납장 서랍 곳곳에서 발견되었다. 그런데 발신 주소가 모두 교도소였다. 가족이 교도소에 있었던 걸까? 조심스레 봉투를 열어 편지를 꺼내 보니 '사랑하는 할망구 씨'라는 표현이 눈에 들어왔다. 남자친구였다.

그래도 고인의 마지막 시절이 마냥 외롭지는 않았나 보구나 생각하면서 편지를 읽어 내려가는데 웬걸, 모든 편지는 '교도소에서 나가면 돈 걱정 안 하고 행복하게 해주겠다'는 내용으로 시작해서 돈을 요구하는 내용으로 끝났다. 적게는

30만 원에서 크게는 200만 원. 정말이지 모든 편지에서 단 한 차례도 빼놓지 않고 돈을 요구했다. 한숨이 푹 나왔다.

'좋아한다, 사랑한다 하면서 왜 돈을 보내래. 돈이 어디 있다고. 이런 월세방 사는 처지인 거 뻔히 알 텐데. 그리고 거기서 대체 돈이 왜 필요한 건데?'

정수기 렌탈 비용이나 전기세도 납부하지 못해 강제집행하겠다고 적힌 우편물이 눈에 띄었다.

폭행으로 감옥에 갔다는 이 남자는 '사랑하는 할망구 씨'가 세상을 떠났다는 걸 알기나 알까. 모든 고독사 현장에는 죄책감이 따라붙는다. 내가 조금 더 자주 연락할걸. 조금만 빨리 찾아와볼걸. 왜 무소식이 희소식이라고 생각했을까. 내가 그렇게 의지가 안 됐던 걸까. 혼자서 얼마나 무섭고 외로웠을까…… 무수한 후회와 안타까움이 남겨지기 마련이다. 그런데 이 남자도 죄책감을 느낄까. 왠지 쉽게 대답할 수가 없었다.

죽기 전에 그 남자에게 마지막으로 입금한 영수증이 보였다. 20만 원이었다. 전기세도 밀린 처지에 있는 돈 없는 돈을 힘겹게 모아서 영치금으로 넣어줬다고 생각하니 착잡하기 그지없었다. 대체 고인에게 그 남자는 무엇이었을까. 이 또한 사랑인 걸까. 세상에는 이런 사랑도 있는 거라고 생각하고 넘겨야 하는 걸까.

고전 《파우스트》에서부터 현대 소설에 이르기까지 많은 이야기 속에서 악마는 영혼을 담보로 인간의 소원을 들어준다. 사랑을 담보로 돈을 요구했던 이 남자도 내 눈에는 악마와 다름없어 보였다. 그래도 고인에게는 그의 속삭임이 사랑으로 들렸을까.

살다 보면 알면서도 마음이 흔들릴 때가 있다. 고인에게도 그 목소리가 마냥 달콤하지는 않았을 것이다. 남자의 마음을 사랑이라고 철석같이 믿고 계속해서 요구를 들어준 건 아니었을 것이다. 그저 외로웠던 예전으로 돌아가기 싫었을 뿐이다. 악마 같은 남자라도 필요했기 때문이다. 남자의 말이 거짓이라 해도 사랑한다, 행복하게 해주겠다는 말을 듣는 그 순간에는 외로움을 잊을 수 있었기 때문이다. 그 찰나의 달콤함으로 고인은 힘겨운 삶을 버텨낼 수 있었던 걸까. 그렇지만 그렇게 덧없이 흘려보낸 시간은 결국 마지막 순간까지 그녀를 외롭게 만들었다.

사는 동안 셀 수 없을 만큼 많은 인연이 지나간다. 그만큼 우리는 다양한 관계의 형태와 빛깔을 마주하게 된다. 때로는 많은 시간과 노력을 관계에 쏟기도 한다.

하지만 이것 하나만큼은 꼭 이야기하고 싶다. 당신의 다정함을 무례한 사람에게 낭비하지 말라고.

이미
지워진 삶

2월의 새벽. 아직 해가 짧아 밖은 어두웠고 입춘이 지났건만 날씨는 풀릴 기미가 전혀 보이지 않았다. 아직 모든 것이 겨울의 깊고 차가운 기운에 잠겨 있었다. 동네 개도 짖지 않는 유난히도 고요한 새벽이다.

삼 일 전에 고인의 매형에게 전화로 의뢰를 받았고, 두 시간 이상 이동해야 했기에 새벽같이 나와서 장비와 용품들을 싣는 참이었다. 통화할 때는 단순 유품정리만 하면 된다고 했지만, 비용 때문에 거짓말하는 의뢰도 다반사라 그날도 당연히 특수청소 용품들을 전부 챙겼다.

차가 막히는 시간을 피해 부지런히 준비해 일찌감치 길을 나섰다. 작업은 아침 8시에서 9시쯤부터 시작하기 때문에 그보다 일찍 현장에 도착하면 근방에 차를 세워두고 쪽잠을 잔다. 이 일을 하면서부터 생긴 오래된 습관이다. 가끔 주택 골목에 차를 세워두면 차 소리가 시끄럽다고 주민에게 혼쭐이 나기도 한다. 그렇기에 주택가에서 최대한 멀리 떨어져 주차할 수 있는 곳을 찾아 잠깐 눈을 붙인다.

작업할 시간이 되어 찾아간 곳은 빌라였다. 의뢰인의 말처럼 현장은 시취가 없었고, 살림살이도 최소한만 있을 뿐 텅 빈 느낌이었다. 최근 다녀온 현장이 전부 어수선하고 오염이 심각했던 터라 더더욱 휑하게 느껴졌다. 정리 정돈을 잘해서 멀끔한 집이 아니라 정말로 짐이 없어도 너무 없어서 깨끗한 집이었다.

컵 하나, 냄비 하나, 이인용 식탁, 침대 하나, 옷걸이 하나. 이미 유족이 다녀가면서 컴퓨터도 가져갔고 필요한 유품도 찾아간 터라 안 그래도 없는 짐이 더 줄어들어 있었다.

작업 전에 우선 집 안을 둘러보는데 피 묻은 옷가지가 보였다. 유품정리만 하면 된다고 했고, 고인은 외부에서 돌아가셨다고 들었기 때문에 의문이 들었다. 의아스러운 건 또 있었다. 집이 정말로 추웠다. 오죽하면 실외보다 집 안이 더 추울 지경이었다. 아무리 사람이 없는 집이라도 한겨울에는 보일러를 가장 낮게라도 켜두는데 전원이 아예 꺼져 있었다.

정리를 하며 따뜻한 물을 사용해야 했기에 보일러를 찾는데 베란다 한구석에 거치식 철봉이 보였다. 안방 문틀을 자세히 보니 철봉이 설치되었던 흔적이 보였다. 그제야 피 묻은 옷의 정체가 번뜩 떠올랐다. 고인은 철봉에 목을 매어 자살한 것이었다.

고인은 모든 난방을 직접 *끄고* 죽음을 맞이했다. 사후 이 주 만에 찾은 현장임에도 지독히 추운 날씨 탓에 시신이 얼어붙어 부패되지 않았던 것이다. 대부분은 목을 매달아 죽는데 왜 피가 나오느냐고 묻는다. 사람들은 죽음에 이르기까지의 과정도 잘 모르지만 죽은 후의 이야기에 대해서는 거의 깜깜하다.

사람이 죽으면 미라처럼 그대로 보존되지 않는다. 사후경직이 풀리고 신체의 모든 구멍에서 액체가 흘러나온다. 목이 매여 있는 동안 액체와 피는 바닥으로 떨어진다. 시신이 오래 방치될수록, 실내 온도가 높을수록 상황은 더 심각해진다. 고인은 이런 걸 미리 알고 있었던 걸까. 그래서 난방 전원을 껐던 걸까.

보일러실에는 이삿짐 박스가 고스란히 쌓여 있었다. 짐은 고인이 이곳에 이사 온 지 1년도 채 되지 않았음을 말해주고 있었다. 그 시간 동안 고인은 짐을 제대로 풀지도 않고 무슨 생각을 했던 걸까. 수납장 하나 없는 집에 가장 많은 건 오래된 책들이었다. 흐트러지지 않고 가지런히 정리된 모양새를 보면 최근에는 읽은 것 같지도 않은데, 이사할 때 무겁기만 한 책을 왜 버리지도 않고 가져왔을까. 그래도 이 집에서 그나마 애착이 느껴지는 물건이라고는 그 책들뿐이었다.

53세 남성이라는 것을 제외하고는 알 수 있는 게 아무것도 없었다. 유가족이 이미 고인의 유품을 모두 찾아서 가져갔기 때문에 집만큼이나 고인의 신상에 대한 모든 것이 말끔히 지워진 상태였다. 이 휑한 집에서 고인이 왜 그런 선택을 했는지, 집이 왜 이렇게 쓸쓸한지, 언제부터 죽음을 생각했을지…… 궁금증이 꼬리에 꼬리를 물고 이어졌지만 대답을 해줄 사람은 아무도 없었다.

어수선하고 더러운 현장에 가면 몸이 힘들다. 부패물은 물론이고 치우고 또 치워도 나오는 물건에 녹초가 되기 십상이다. 하지만 이처럼 언제든 훌쩍 떠나버릴 것처럼 아무것도 없는 현장에서는 마음이 지친다. 텅 빈 공간처럼 고인의 공허함과 허무함이 고스란히 덮쳐오기 때문이다. 어떤 사연이 있는지 알 수는 없지만 그 지독한 텅 빈 마음만은 알 것 같은 기분이 든다. 무엇이 그리도 힘들었을까, 얼마 없는 고인의 흔적으로 더듬더듬 그 마음을 짐작하다 보면 핑하니 머리가 어질어질하다. 어떻게 짐작을 하든, 나의 답은 고인의 답이 아니다. 그렇기에 늘 마음이 무겁다.

수명이 아무리 늘어났다고 한들 세상을 보면, 우주를 보면, 인간의 삶이란 그저 한 톨 먼지에 불과하다. 애쓰지 않아도 저절로 사라지고 잊힌다. 인생은 시간과 함께 저절로 묻힌다. 그런데 지레 스스로를 지우는 사람들이 늘어나는 것 같아 안타깝기 그지없다.

마음대로 되는 일 하나 없고, 세상이 나를 알아주지 않는 것 같을 때 우리는 '왜 나한테만 이런 일이 생길까', '왜 나한테는 기회가 주어지지 않을까' 같은 생각에 빠지기 쉽다. 이런 생각의 소용돌이에 빠지면 쉽사리 벗어날 수 없고 누구라도 견디기 힘들어진다. 좁은 시각에서 벗어나 '누구에게라도 생길 수 있는 일일 뿐이다. 그게 나에게 왔을 뿐이다'라고 생각할 수 있어야 한다. 그래야 소용돌이 속에도 한 줄기 숨구멍이 생긴다.

그리고 지독한 염세주의에 빠지기 전에, 텅 빈 심연 속으로 가라앉기 전에 단 하나라도 애착 있는 무엇인가를 챙기고 붙들어야 한다. 모든 것을 다 버려도 사람이든 물건이든 생각이든 무엇 하나에라도 애정을 갖고 있다면, 그것이 나의 구원이 되어주기도 하니까. 고인에게 남은 유일한 물건, 책은 그에게 그런 힘을 발휘하지 못했던 걸까. 그걸 붙들고 더 살아볼 생각은 왜 못 했을까. 생각이 끊이지 않고 이어진다. 몸이 으슬으슬 떨린다. 겨울이어서 추운 건지, 아무것도 남지 않은 집 안이 너무 쓸쓸해서 추운 건지 모르겠다.

곧 다가올 봄이 서글프게 느껴졌다.

잊고 살아가는 것,
잊지 말아야 할 것

우리는 잊지 말아야 할 것을 너무나 쉽게 잊는다. 잊은 줄도 모른 채 살아간다. 소중한 것을 어느 순간 놓치고, 잃어버렸다는 사실조차 눈치채지 못하고 지낸다. 그러다 화들짝 놀라 가슴을 부여잡는다. 소중한 것을 영영 잃고 나서야.

해가 뜨겁게 타오르는 여름날, 고인의 남동생이 현장 청소를 의뢰해왔다. 본인은 독립해서 혼자 살고 있고 고인은 부모님과 함께 살았다고 했다.

찾아간 집은 밖에서나 안에서나 흔한 가정집의 모습이었다. 작은아들과 부모님의 대화도 여느 집과 다르지 않았다. 안정적인 가정, 딱 그렇게 보였다. 별다를 게 하나도 없었다. 부모님과 함께 사는 집에서 자살로 인한 고독사라니. 아주 없는 일은 아니지만 흔한 일은 아니기에 의아함이 남았다.

고인이 된 큰아들은 전투경찰로 군대를 제대하고 취업 준비를 시작했다. 하지만 목표는 멀기만 했고 도통 닿을 기미가 보이지 않았다. 아들은 냉혹한 현실에 점점 무너지기 시작했다. 우울증이 깊어졌고, 치료를 위해 복용한 약은 탈모라는 부작용을 낳았다. 탈모 치료를 위해 복용한 약은 다시 우울증을 유발했다. 말수가 점점 줄어들었고 성격은 난폭해졌다.

하루, 이틀, 한 달, 수년에 걸쳐 이어진 우울증은 점점 심해졌고 악순환이 반복됐다. 방문을 걸어 잠그고 며칠씩 틀어박혀서 밥도 먹지 않았다. 누구의 말도 듣지 않았고 아무 말도 듣고 싶어 하지 않았다. 시간이 갈수록 부모도 점점 지쳤고 말을 걸어봤자 대화는커녕 싸움만 하기 일쑤인 아들을 포기하기에 이르렀다.

그렇게 무려 10년이 지났다. 그리고 큰아들의 자살은 수일이 지나고서야 발견됐다. 그즈음은 여느 날과 하나도 다르지 않았다. 평소처럼 적막했고 방문은 굳게 잠겨 있었다. 설마 아들이 목숨을 끊었으리라고는 생각지도 않았다. 가만히 놔 둬도 시간이 지나면 터지는 시한폭탄과 같은 상황이었는데, 밟지 않으면 그냥 유지되는 지뢰라고 착각했다. 건드리지만 않으면 조용한 평화가 지속되리라고 믿었다.

많은 생각과 질문이 머릿속에 떠올랐지만 물어볼 수가 없 었다. 아들이 취업 문제로 고민할 때 부모는 괜찮다고, 건강 하게 잘 장성해준 것만으로도 고맙다고 말해준 적이 있을까? 남들 시선에 얽매이지 말고 즐겁게 할 수 있는 일을 찾으라 고, 하고 싶지 않다면 안 해도 된다고 말한 적은 있을까? 엄마 아빠가 아직 젊은데 너 하나 못 먹여 살리겠느냐고 웃으며 말 해준 적이 있을까?

부모의 기대에 미치지 못한다는 자책감에 자살했다는 이 야기가 내게는 너무 가까운 일이다. 그런 현장이 흔하기 때문 이다. 취업문제로 싸움 끝에 부모를 살인했다는 뉴스도 심심 찮게 나온다. 하고 싶은 일과 해야 하는 일이 달라 결국 생을 달리한 고인을 본 적도 있다. 비슷한 양상의 죽음이 반복되 고, 날이 갈수록 늘어나는데도 왜 우리는 바뀌지 않는 걸까? 무엇을 해야 이 안타까운 죽음을 멈출 수 있을까?

며칠 전 일을 하고 있는데 아내에게서 전화가 왔다.

"막내랑 저녁을 먹으면서 이야기하는데, 너무 놀랍고 대견해서 전화했어. 내가 막내한테 '오늘 우리 딸, 왜 이렇게 예쁘고 사랑스럽지? 너무 예뻐서 오늘 엄마 말 안 듣고 화나게 한 것도 싹 다 잊어버렸네? 엄마가 바보라서 그런가?' 그랬거든? 그랬더니 막내가 뭐라고 한 줄 알아?"

"뭐랬는데?"

"'아니, 어른들은 원래 그래. 예쁜 행동을 하면 화났던 걸 잊어버리고, 화나는 행동을 하면 예뻤던 걸 잊어버려.' 그러는 거야! 너무 황당하고 미안하고 반성도 되고 그런 거 있지. 말문이 막혀서 아무 말도 못 했어."

맞다. 아플 때는 건강하게만 자라달라고 간절히 바라놓고는 건강해지면 언제 그랬냐는 듯 또 다른 걸 바라게 된다. 우리는 매일 잊고 또 잊는다. 아기가 어른이 될 때까지. 그리고 어른이 되고 나서도. 진짜 중요한 건 다 잊어버리고, 아이가 행복하길 바란다는 말로 많은 것을 요구한다. 다 너 잘되라고 하는 말이라며 아이를 몰아세운다. 정작 아이가 뭘 원하는지,

어떻게 해야 행복한지에 대해서는 묻지 않는다. 어느 순간부터 아이의 말은 듣지 않고 내가 하고 싶은 말만 한다.

방에서 꼼짝 않고 조용히 있었던, 문을 여는 것조차 허락하지 않았던 아들과 아들의 심기를 거스르지 않으려 했던 부모의 관계를 뭐라 정의할 수 있을까. 산부인과에서 아기가 무사히 태어나면 하는 말이 있다.

"건강합니다. 손가락, 발가락 열 개 모두 확인했습니다. 축하합니다."

우리는 왜 그 순간의 벅찬 기쁨을 잊어버리는 걸까. 그저 아무 탈 없이 존재하는 것만으로도 행복에 겨웠던 때를 왜 잊는 걸까. 매일 죽음을 생각하는 우리 자식들을 위해 단단히 기억해야 한다. 우리가 아이들을 얼마나 사랑하는지를. 아이들이 존재만으로도 얼마나 소중한지를. 아이에게 필요한 말, 아이가 듣고 싶어 하는 말을 해주기 위한 시간은 남아 있다. 아직 늦지 않았다.

마지막
소원

누구나 마음속으로 간절히 바라는 게 하나쯤은 있기 마련이
다. 남들에게 털어놓지는 못 했어도 가슴 한편에 묻어둔 소
원. 그 소원은 열심히 살아갈 원동력이 되어주기도 하고 빛바
랜 현실을 무지개 색으로 채워주기도 한다. 그런데 그날은 소
원이라는 단어가 그렇게 원망스러울 수가 없었다.

사회적 거리두기와 격리 조치가 최고조에 이른 때였다. 코
로나19 예방접종 증명서가 없으면 식당도 못 갔고 식당에 가

도 넷 이상은 함께할 수 없었다. 해외여행 금지로 수많은 여행사가 문을 닫았고, 평소 같으면 줄을 서서 먹을 맛집도 줄줄이 도산했다. 회사원은 재택근무를 했고, 실업자가 된 사람도 많았다. 자고 일어나면 확진자 수와 사망자 수가 폭증했다.

한창 나라 안팎으로 시끄러웠을 때 남자에게서 전화가 왔다. 동생이 집에서 사망했고 사망 다음 날 바로 발견되어 시신이 상하지는 않았다고 했다.

방문한 곳은 오피스텔이었다. 입구에 들어서니 비릿한 피냄새가 코끝을 스쳤다. 현관부터 바닥에 혈흔이 가득했고 우측 욕실 입구에는 피가 가득했다. 부패는 진행되지 않았지만 유독 현장에 피가 많았다.

작업 시작 전, 고인의 오빠와 이야기를 나누었다. 오빠의 여자친구도 자리를 함께했다.

고인은 20대 후반의 젊은 여성이었다. 여행사에 다녔고, 매우 성실하고 알뜰했다. 오랫동안 품어온 꿈을 이루기 위해 돈을 버는 족족 저금만 했다고 한다. 얼마나 검박하게 살았는지 살림살이도 조촐했고 흔한 택배 박스 하나 안 보였다. 하루가 멀다 하고 현관 앞에 택배 박스가 쌓이는 요즘 사람답지 않았다. 돈을 모으기만 했지, 쓸 줄은 모르는 사람이었다.

그게 다 한 가지 소원을 위해서였다. 그 소원이란 바로 성형수술이었다. 예뻐지고 싶다는 마음이 누구보다 간절해서 성형수술을 위해 악착같이 돈을 모았다.

마침 고인이 다니던 여행사가 코로나19로 휴업을 하게 됐고 고인도 무기한 휴직에 들어갔다. 보통 사람이라면 실의에 빠질 법한 상황인데 그녀는 오히려 이 기간을 오랜 꿈을 이룰 기회로 삼았다. 코수술을 하기로 결정한 것이다.

동생에 대해 오빠가 이 정도로 알고 있을 정도면 남매 사이는 꽤 돈독했던 것 같다. 미주알고주알 이런저런 이야기를 할 만큼 고인은 성격도 긍정적이고 명랑했던 것으로 보인다. 고인은 오빠의 여자친구와도 친하게 지냈고, 수술이 끝난 뒤에 통화도 했다고 한다. 너무도 원했던 일이었기에 수술 직후의 아픔보다도 기쁨이 더 큰 목소리였다.

수술 후 2, 3일은 출혈이 있을 거라는 안내를 받았다. 당일 퇴원을 하고 집에 오니 안내대로 피가 났다. 그런데 피가 멈추지를 않았다. 피범벅인 집 안, 그가운데서도 가장 심한 건 욕실 세면대와 변기였다. 변기에 피가 한가득 담겨 있었다.

절로 '이렇게 피를 흘리고도 사람이 살 수 있나'라는 생각이 들었다. 그랬다. 과다출혈로 인한 사망이었다. 출혈이 있을 거라는 설명을 병원에서 미리 받았던 터라 심각한 상황을 인지하지 못했다. 혼자 살고 있었기에 도움을 받을 사람이 따로 없었고, 스스로 뭔가 잘못됐다는 것을 인지했을 때는 이미 늦어버린 후였다. 동생은 욕실에서 그대로 쓰러졌고 출혈은 멈추지 않았으며 몸은 점점 차게 식어갔다.

그날 수술을 마치고 동생은 오빠와 밝은 목소리로 통화했다. 밤에 다시 전화를 했을 때는 받지 않아, 힘들어서 일찍 잠들었나 보다 가볍게 생각했다. 다음 날이 되어도 통화가 안 되자 덜컥 겁이 나기 시작했다. 만사 제치고 찾아와보니 동생은 이미 사망한 상태였다. 허망해도 이렇게 허망할 수가 있을까.

"요즘은 중학생들도 많이들 수술한다잖아요. 쌍꺼풀 정도는 이제 수술이라고도 안 한다면서요. 시술이라고 하지. 그런데 왜 내 동생한테만 이런 일이 생긴 걸까요."

사연을 듣고 보니 허무해서 믿기지 않을 지경이었다. 누군가 옆에 있었다면 절대 이렇게까지는 되지 않았으리라 생각하니 더 안타까웠다.

외모가 뭐라고 목숨을 거나. 아니, 목숨을 걸었다는 건 안타까움에 튀어나온 괜한 어깃장이고 억지라는 걸 안다. 대체 이럴 땐 누구를 탓해야 하나, 무엇을 탓해야 하나. 고인의 짐을 정리하면 할수록 화가 났다.

'옷가지도 몇 벌 없이, 20대 후반이면 한창 꾸밀 나인데.'

'차라리 맛있는 거 먹고 좋은 곳에 여행이나 다니지.'

오빠나 여자친구도 혀를 내두를 정도로 악착같이 돈을 모았다고 하니 안쓰러운 마음에 자꾸 불퉁한 마음이 솟았다. 쓸데없는 생각이고 돌이킬 수 없는 후회라는 걸 알면서도 이랬으면 어땠을까, 저랬으면 어땠을까 하는 생각이 반복된다.

'누구라도 함께 병원에 갔다면……'

'전화를 안 받았을 때 찾아와봤다면……'

일어날 기력도 없이 욕실 바닥에 주저앉아 차게 식어가는 몸을 느끼며 그녀는 무슨 생각을 했을까. 꿈이 삶을 끝내다니 얼마나 아이러니한가. 평생을 바라던 소원을 이루고 그것 때문에 세상을 떠나다니 얼마나 가련한가. 이렇게 고독한 죽음이 또 있을까. 아쉽게 저문 생명이 못내 아까워 욕실 문을 닫기가 힘들었다.

죽음을
기다리는 사람들

도움을 주는 사람이 없어서 죽을 수밖에 없는 고독사 현장이 있는가 하면, 도움을 필요로 하지 않고 죽음만을 기다렸던 고독사 현장도 있다. 그날 내 눈에 들어온 현장은 후자였다.

고인의 가족에게 연락을 받고 간 곳은 흔한 원룸촌이었다. 대여섯 평 남짓의 방에 있는 거라곤 작은 냉장고 하나 그리고 가스레인지 하나. 그 외에 짐이라고는 옷가지 몇 벌과 사용하던 이불이 전부였다. 밥솥도 TV도 없었다. 그나마 갖춰놓은 냉장고와 가스레인지는 아마도 원룸 옵션인 것 같았다.

어떤 현장에 가면 짐이 너무 많아서 '좀 버리고 사시지' 하고 잔소리가 나오는데 이번 현장에는 짐이 없어도 너무 없었다. 보통 혼자 살면 보지 않아도 TV를 틀어놓곤 한다. 그러지 않으면 너무 조용하고 적막하니까. 작은 TV 하나도 없이 이 방에서 그는 혼자 뭘 했을까. 아무것도 없는 이 방에 끝도 없이 놓였을 그의 시간을 생각하자니 내가 다 암담해졌다.

이부자리 밑에 각혈 흔적이 보였다. 피를 꽤 많이 토해놓은 걸로 보아 술을 많이 마셨나 보다. 둘러보니 역시나, 방 한 구석에 술병이 가득했다. 그리고 방 가운데에 위가 아플 때 먹는 약이 널브러져 있었다.

이렇게 피를 토할 정도였으면 자기 몸 상태를 알았을 것이었다. 그럼에도 치료 대신 술을 택했다. 이미 삶의 의지를 잃고 죽음을 기다렸다는 얘기다.

사람은 지푸라기만 한 희망이라도 있으면 삶을 이어갈 수 있다. 그런데 생의 의지를 놓은 이 현장에서 나는 아무런 희망도 발견할 수가 없었다.

희망이란 게 대단한 게 아니다. 새로운 장난감을 받아들고 방긋 웃는 아이의 얼굴을 보면 더 열심히 일해야겠다는 의지가 생긴다. 또 하루를 마무리하고 나누는 가족과의 대화에 피로가 풀리고 내 사람들을 더 행복하게 해주고 싶다는 마음이 생긴다. 가끔 삼겹살 파티를 할 때 피어나는 웃음꽃에서 더 많이 웃는 내일에 대한 기대가 생긴다. 이렇게 누군가와의 관계 속에서, 사소하게 나누는 눈짓과 대화에서 희망은 저절로 흘러나와 마음속에 자리잡는다.

그렇다. 희망은 자가발전이 잘 안 된다. 혼자서 아무리 기를 써봐야 쳇바퀴 위를 구르는 것 같아 지치기 십상이다. 작은 것이라도 함께 나누고 꿈꿀 때 희망이 생겨난다.

하지만 고인들의 집에는 없었다. 관계도, 대화도, 웃음도. 세상과 단절된 집 안에서 이미 자신감을 잃었고, 세상으로부터 기회를 박탈당했다는 상실감에 휩싸여 좌절했다. 마음의 문을 꽁꽁 닫아버린 그들에게 타인과의 관계는 공포 그 자체가 되어버렸다. 외로움을 자처했고 결국 외로움에 잡아먹혔다. 스스로 문을 열고 나와야 하거늘 문 여는 법을 잊어버렸다. 그렇게 희망을 외로움으로 바꾸고 고독하게 죽어가는 것이다.

내게 의뢰를 해온 유가족은 고인의 유품은 아무것도 필요

없으니 모두 버려달라고 했다. 자세한 사정은 아무것도 알 수 없었다. 진작부터 포기하고 끝난 관계인지, 죽음으로 인해 미련마저 버렸는지 모를 일이었다. 살아서도 죽어서도 오직 고독뿐인 그곳에서 나 홀로 고개 숙여 고인의 명복을 빌었다.

끝까지
엄마였다

고독사 현장에 가족이 찾아오는 경우는 드물다. 대부분은 전화상으로만 상담을 진행하고 작업 전후 사진을 받아보는 선에서 일을 마무리한다. 이렇듯 얼굴을 마주하고 작업을 맡기는 게 아니기 때문에 조금 알려진 나를 신뢰해 일을 의뢰할 때가 있다. 유튜브에서 봤다, 책을 봤다, 〈유 퀴즈 온 더 블럭〉에서 봤다, 하면서 알은척을 할 때도 있다.

확실히 첫 책을 내기 전보다는 직업에 대한 선입견과 무례함이 많이 줄어들었다. 유품정리 업체도 많이 늘어났다. 다만 고독사는 줄어들지 않았다.

의뢰를 해온 고인의 아들의 말투는 통화를 하는 내내 남인 듯 무심했다. 들어보니 부모님은 이미 수십 년 전에 이혼을 하고 자식들은 아버지와 함께 살았다고 한다.

"그때 이후로 어머니 소식은 들은 적도 없어요. 이번에 경찰서에서 온 소식이 처음이에요. 고독사 상태로 발견되셨다고. 집에 직접 가보지 않아서 모르겠지만 경찰에게 들은 바로는 상황이 나쁜 것 같지는 않아요."

무심결에 여러 가지 생각이 떠올랐다. 그동안의 경험에 따른 자연스러운 수순이었다.

'형편이 어려워서 보일러를 안 켰을까.'

'일주일이 넘었다고 했는데 현장 상황이 나쁘지 않다면 전기장판도 사용하지 않은 건가?'

'방 안에서 사고가 발생한 게 아닌가?'

'아들 목소리를 들어보니 30대 후반이나 40대 같은데, 환갑이 지난 여성의 집이라면 짐이 많겠지.'

스치듯 흘러드는 여러 생각을 뚫고 아들의 목소리가 다시 들렸다.

"최대한 빨리 정리해주세요."

그렇게 이틀 뒤에 도착한 청주의 한 오래된 아파트. 여느 유가족처럼 아들은 현장에 오지 않겠다고 했다.

주차를 하고 집에 들어가서 짐의 양을 가늠해보고 금방 다시 나왔다. 들었던 대로 상황은 심각하지 않았다. 보일러도, 전기장판도 꺼져 있었고 날도 추운 덕이었다. 깔고 잤을 법한 이부자리가 없는 것으로 보아 장례식장에서 이불째로 현장을 수습한 듯 싶었다.

어느새 집 밖에 동네 어르신들이 삼삼오오 모여 계셨다. 조용히 안을 살피고 나왔는데 어떻게들 알고 나오셨는지 모를 일이었다. 어르신들은 내가 다가가기도 전에 부랴부랴 말을 쏟아내셨다.

"워낙 성격이 고약해서 어울릴 수가 없었어."
"인사라도 할라치면 자꾸 사람을 때리니까 가까이 갈 수가 있나."

"쓰레기를 주워 모을 때 빼고는 집 밖으로 나오질 않는 사람이었어."

"원래도 며칠씩 안 나오는 사람이니까 죽은 줄 몰랐어."

누가 먼저랄 것도 없이 터져나오는 말을 종합해보면 딱 하나였다. 죽을 줄 몰랐다, 죽은 줄 몰랐다. 그래, 누군들 알겠는가. 자신의 죽음조차 알 수 없는데 타인의 죽을 날을 어찌 알까. 온갖 물건을 쌓아놓고 산 고인도 알았을 리 없다.

집에 짐이 저장강박증 수준으로 많아서 시간이 촉박했다. 하루 만에 끝낼 수 있을지 의문이 들 정도였다. 이렇듯 의뢰자가 현장을 보지 못한 상태에서 작업 지시를 하면 변수가 생기곤 한다. 짐이 많으리라는 예상은 했지만, 거의 모든 짐이 크고 작은 비닐로 포장돼 있었다. 이게 대체 무슨 일일까.

내가 이삿짐센터 직원이었다면 매우 감사할 일이겠지만, 나는 유품정리사다. 포장된 채 그대로 버리는 게 아니라 그 짐에서 고인의 중요한 유품을 찾아 유가족에게 전달해야 한다. 비닐 포장은 모조리 벗겨낸 후 꼼꼼히 확인하고 다시 포장해서 폐기 처리를 해야 하는 상황이었다. 어지럽혀진 집보다 이렇게 짐이 하나하나 포장돼 있는 집에서 시간이 더 오래 걸린다.

비닐을 벗기니 그 안에서 크기별로 차곡차곡 겹쳐놓은 플라스틱 통이 나왔다. 그런 게 수십 개였다. 전기밥통 스테인리스 내솥도 수십 개다. 비닐을 벗기고 물건을 확인하고, 다시 분류해서 반출하고…… 끝이 보이지 않았다. 몇 시간이나 했을까, 꿇어앉은 무릎이 너무 아파서 잠시 쉴 요량으로 밖으로 나가니 동네 어르신들이 어딜 가지도 않으시고 그 자리에 그대로 모여 계셨다.

"아직도 계셨어요? 그래도 날이 풀려서 나와 계시기에도 괜찮네요."

"짐이 다 포장되어 있지 않수?"

"네. 전부 비닐로 포장돼 있더라고요. 그런데……."

"전부 저 앞에 재활용 쓰레기장에서 주워 간 거야."

"치매가 있어. 정신병도 있고. 아들이 금방 데리러 온다고 죄다 포장해논 거여."

"딸 둘, 아들 하나 있다는데 애기들이 어릴 때 이혼했다대. 금방 데리러 올 거라면서 매일 그렇게 짐을 싸."

자식들이 어릴 때 남편과 이혼했다는 건 이미 알고 있던 이야기다. 삼남매를 키우다가 이혼을 했나 보다. 아들이 말하길 수십 년 만에 처음 온 연락이 고독사 소식이라고 했다. 그러니 어머니에게 무슨 있었는지, 어머니가 어떤 시간을 보냈는지 알 턱이 없었다. 고인에게는 아마도 정신병이 찾아왔었나 보다.

잠깐 쉬고 다시 들어가 안방을 정리하기 시작했다. 쉴 새 없이 벗겨낸 비닐에서 서류 뭉치가 나왔다. 합의이혼 관련 서류였다. 이혼을 청구한 사람은 다름 아닌 고인이었다. 생명의 위협을 느낄 만큼의 폭력을 남편에게 당하고, 집을 나와 이혼을 청구했다. 남편은 이를 받아들였고 원만하게 이혼이 결정됐다. 자식 셋은 남편이 키우고 고인은 혼자 살게 됐다. 1984년 4월의 일이었다.

자식들은 못 해도 마흔은 넘었을 터다. 고인이 52년생이니 30대 초반에 이혼을 한 것이다. 안방 구석에 놓인 박스를 열어보니 오래전에 사놓은 듯한 아이의 속옷, 양말, 옷가지가 나왔다. 두고 온 자식들에게 줄 요량으로 사놓았을까. 크기가 제각각인 물건은 이미 유행도 한참 지나 보였다. 아이들이 못 견디게 눈에 밟혔을 텐데 어떻게 참았을까.

그리움이 차곡차곡 쌓이고, 세월이 흘러서 어느새 이혼 당시 당신 나이보다 자식들 나이가 많아졌을 무렵 고인에게 치매가 찾아왔던 것 같다.

"아들이 데리러 온다면서 이삿짐 용달차를 부른 게 적어도 네다섯 번은 되지. 일껏 짐을 전부 다 싣고 어디로 가느냐고 주소를 물으면 아들이 금방 온다고 했다고 기다리라고 하고. 그러다 해가 다 저물면 다시 짐을 내려놓고 용달차는 돌려보냈지, 뭐. 주변 용달체 업체에 죄다 소문이 나서 나중에는 전화해도 안 왔어."

"묘하게 울지도 않고 웃지도 않고, 그냥 멍한 얼굴로 아들이 올 거라는 말만 반복했지."

"그럴 때나 대꾸라도 했지, 그런 날 아니면 말을 걸면 사납게 달려들어서 도저히 다가갈 수도 없었어."

대부분은 많은 기억을 잊고 살아간다. 아니, 잊었다기보다는 새로 쌓이는 기억이 너무 많아서 이전 기억을 떠올릴 기회가 없는 것일지도 모르겠다. 하지만 고인의 기억은 자식들을 두고 나온 그날에 고스란히 멈춰 있던 듯싶다. 고독사한 고인들은 대개 한 가지 기억만 붙들고 살아간다. 과거 잘나갔던 시절, 젊고 건강했던 시절, 성공했던 시절. 세월이 흘러 세상은 변했는데 자기 혼자 그 시절에 고여서 흐르질 못한다.

고인에게 자식들에 대한 기억은 후회였을까, 미련이었을까, 아니면 그나마 버티고 살아갈 원동력이었을까. 이미 남이 되어버린 아들을 기다렸던 고인은 현실에서는 생겨날 수 없는 새로운 기억을 만들어내 과거를 덮어버렸다. 예나 지금이나 그리움은 한 치도 변하지 않았다. 아들은 엄마를 잊었지만 엄마는 끝까지 자식들에게 엄마였다. 벗겨내는 포장 한 겹 한 겹이 고인의 소망 같아서 손끝이 천근 같았다.

'직접 찾아가서 만나보지 그러셨어요. 먼 발치에서나마 얼굴 한번 보고 오지 그러셨어요. 데리러 오길 기다리지 말고 데리러 가보지 그러셨어요.'

고인의 미련이 이내 내 발목까지 잡았나 보다. 발길이 이토록 떨어지지 않는 걸 보니. 작업은 한밤이 되어서야 끝났다. 어두워지니 차라리 마음이 편했다. 영혼이라는 것이 있다면, 이제 훨훨 날아 그렇게라도 아들을 보고 가셨기를 바란다.

저마다의
고통

"이렇게 살다 가려고 나랑 이혼했나⋯⋯."

유품정리사 일을 시작한 지 얼마 안 됐을 때였다. 정리를 의뢰하면서도 내내 울먹거렸던 남편은 현장에서 나와 눈이 마주치자마자 이렇게 말하고는 뜨거운 눈물을 쏟아냈다. 그는 한동안 쉴 새 없이 눈물을 흘렸고 나는 묵묵히 그의 울음이 잦아들기를 기다렸다.

두 사람은 20대 중반에 결혼했고 바로 아이가 생겨서 연년생을 낳아 소박하게 살아왔다. 지금은 30대 중후반에 결혼을 하는 사람도 많지만 10여 년 전만 해도 20대 중반이면 결혼을 생각하는 사람이 대부분이었다. 이제 40대 초산도 많다지만, 그때는 임신과 출산을 위해 여성은 한 살이라도 젊을 때 결혼을 해야 한다고 여기는 사람이 많았다.

조금 진정이 된 남편은 중간중간 울먹이면서도 비교적 차분하게 말을 이어갔다.

"이혼한 지는 1년 조금 넘었어요. 애 엄마하고는 연애결혼을 했고, 아이 둘 낳고 큰 걱정은 없이 살았어요. 그런데 애들이 고등학생이 되고는 이혼을 하자고 하더라고요."

특별히 이유가 있어서는 아니었다. 이들 부부도 여느 부부처럼 가끔 성격 차이로 인한 말다툼을 하긴 했지만, 부부싸움을 크게 한 적도 없다고 했다.

"아내는 이혼하고 자기 삶을 찾고 싶다고 했어요."

고인은 젊은 시절에 결혼해 아이를 키우느라 벌써 40대 중반에 이르렀다. 자신의 꿈을 포기하고 출산과 육아에 매진했다. 그걸 후회하는 건 아니다. 다만 더 늦기 전에 자신의 꿈을 위해 살아보고 싶다고 했다. 남편은 이혼하지 않고도 충분히 할 수 있지 않느냐고 설득했지만 아내는 완강했다. 아이들도 곧 고등학교를 졸업하고 성인이 될 것이니 자신은 할 도리를 다했다고 했다. 20여 년간 오직 가족을 위해 헌신했으니 이제 온전히 자신만의 삶을 살 수 있도록 이혼을 해달라고 했다.

남편은 결국 이혼을 해줬고 아내는 작은 아파트를 얻어서 혼자 살기 시작했다. 고인의 꿈은 패션디자이너였다. 이혼 후 디자인 공부를 하면서 낮에는 백화점에서 근무했다.

유품을 정리하는데 꽤 많은 양의 우울증 약이 나왔다. 혼자 산 지 이제 겨우 1년 조금 넘었을 뿐이다. 그리고 타의에 의해서가 아니라 자의에 의한 삶의 변화였다. 원하던 대로 살게 됐는데 왜 우울증 약을 복용한 걸까. 남편은 우울증 약을 복용하는 줄도 몰랐다고 했다.

원하는 공부를 하며 자신을 위한 삶을 설계할 수 있게 되었는데도 그녀는 행복하지 않았던 걸까. 꿈을 좇기에는 너무 늦었다고 느낀 걸까. 가정을 떠나 맞부딪힌 현실의 벽이 너무

높고 단단했던 걸까. 가족과 함께했던 생활이 그리웠던 걸까. 모질게 가족을 뒤로하고 나온 걸 후회했을까. 이 모든 의문에 답해줄 사람은 이미 죽고 없다.

남편도 나도 한동안 그 자리에 멈춰 서서 각자의 생각을 더듬었다. 서로의 의문은 입 밖으로 내뱉지도 못했다. 물어봤자 대답해줄 이가 없기에.

"이렇게 약에 의존하지 말고 다시 돌아왔어야지……."

침묵 끝에 남편의 입이 무겁게 열렸다. 나는 그들의 사정을 모른다. 내가 아는 이야기는 모두 남편이 일방적으로 전해준 말뿐이고 고인의 말은 들어본 적이 없으니 고인이 어떻게 생각했는지는 알 길이 없다. 별다른 싸움 없이 소박하게 살아왔다는 말도 남편 기준에서 나온 말일 수 있다. 고인의 생각은 달랐을지, 고인의 심중에 어떤 말이 들어 있었는지는 누구도 모를 일이다. 유서도 일기장도, 흔한 메모도 없으니 짐작조차 할 수가 없다.

고인의 사인은 돌연사였다. 지병은 없었고 자살도 아니었으며, 사고도 없었다. 꼬치꼬치 캐물을 수도 없었기에 그냥 돌연사인가 보다 하고 생각을 접어야만 했다. 40대 중반이면 아직 젊은 나이기에 잘 납득이 되지 않았다. 간혹 자살인 것을 숨기고 가족이 미리 현장을 치워놓는 경우도 있기에 의문이 말끔히 정리되지는 않았다.

고인의 유품을 정리하면서 사연을 듣다 보면 '세상에 사연 없는 사람이 없구나' 하는 생각이 절절히 든다. 돈이 많아도, 돈이 없어도, 가족이 있어도, 가족이 없어도. 저마다 사정과 사연이 있고, 또 그 때문에 생기는 아픔과 걱정도 제각각이다. 타인이 자기 입장에 서서 배 놔라 감 놔라 할 일이 아니고, 타인의 고통을 자기 기준에서 판단할 일도 아니다. 아니, 고통을 비교한다는 것 자체가 말이 안 되는 일이다.

고인은 가족을 뒤로하고 혼자 살기를 택했다. 그녀로서는 자신의 고통과 걱정을 덜어내기 위한 최선의 선택이었을 것이다. 그러나 세상은 모두가 저마다의 뜻을 펼치며 살 수 있도록 친절히 도와주지 않는다. 새로운 삶은 보통 새로운 걱정과 고통을 안겨주기 때문이다.

고인이 어떤 고통으로 우울의 늪에 빠져버렸는지는 영원한 물음표로 남겨지겠지만, 그 물음표 한가운데 남겨진 사람은 또 어떤 후회 속에서 살아가게 될지 걱정스러웠다. 고독사 뒤에 남겨진 가족은 여지없이 큰 후회를 품게 된다. 망각은 신이 인간에게 내린 가장 큰 선물이라고 하지만, 사랑하는 사람을 잃는 상실감을 잊을 만큼 강력하지는 않다.

"끝까지 이혼해주지 말걸. 혼자 살게 내버려두지 말걸."

그는 이미 죽은 사람의 혼을 붙잡고 후회, 미련, 원망을 반복하게 될 테다. 벌써 시작된 그의 후회에 가슴이 쓰라렸다.

삶이
보이지 않는 집

도착한 곳은 구의동에 위치한 쪽방촌이었다. 벌써 몇 년이나 지났지만 워낙 특이한 경험이라 아직도 기억이 생생하다.

고인은 50대 후반의 여성이었고, 고인의 딸에게서 연락을 받았다. 고인이 살던 집은 대여섯 개의 방이 네모 형태로 마당을 둘러싸고 있는 주택이었다. 여러 칸의 쪽방에는 모두 사람이 살고 있었고, 대부분 나이 지긋한 노인 분들이었다.

고인은 희한하게도 방 한 칸이 아니라 세 칸을 사용했고 집 안에 쓰레기가 가득하다고 했으니, 쓰레기 집 청소를 의뢰받았다고 봐야 했다. 이 같은 경우는 직접 방문해서 보고 현장 견적을 내야 했기 때문에, 작업 전에 현장을 먼저 찾았다.

동네 노인들은 처음 보는 차에서 내리는 나를 보고 삼삼오오 모여 수군거렸다. 대문을 열고 들어서니 주택에 거주하는 다른 세입자들이 마당에서 도란도란 대화를 나누고 있었다.

"안녕하세요. 여기 한쪽에 방 세 칸을 한 분이 쓰셨다고 하던데요. 그 집을 청소하려고 현장 확인차 왔어요."

"쓰레기가 그득해."

"여편네가 꿍하니 말이 없고 정신이 이상했어."

"사람들하고 말도 안 하고 쓰레기만 주우러 다녔지."

"나이도 젊은데 제정신이 아니었지."

할머니들은 제각각 고인에 대한 평가를 쏟아냈다. 어느 현장에나 그 동네에서 오래 산 터줏대감 같은 노인들이 있게 마련인데, 그들은 이웃에 대해 모르는 게 없다. 술만 마신다는 둥, 공사판 일을 한다는 둥, 자식들이 일절 찾아오는 법이 없더라는 둥. 가족도 아닌데 어쩜 그렇게들 훤히 알고 있는지 신기할 정도다.

고인에게는 삼남매의 자식이 있었다. 의뢰를 한 딸은 막내고 성인이었다. 고인의 나이가 50대였으니 꽤 일찍 결혼해서 자녀를 낳은 셈이다. 하지만 알 수 있는 건 딱 거기까지였다. 이곳에서 어떻게 살았는지 정도는 동네 어르신들에게 들을 수 있었지만 워낙 왕래 없이 지내서 배우자는 어디에 있는지 자식들과는 관계가 어땠는지 등 세세한 이야기는 알 수 없었다.

유품정리사는 개인사를 먼저 묻는 법이 없다. 말해주지 않는 이상 물어보기도 불편한 이야기이기에 유족에게는 고인의 마지막 모습에 대해 이야기해주고, 정리한 유품을 전달해주는 일만 한다. 대개의 내용은 유품을 정리하면서 추측한다. 일부러 탐정처럼 꼬치꼬치 추리를 하는 게 아니라, 유품에서 보이는 그간의 생활과 주변의 이야기로 자연스레 추측을 하게 된다.

구의동의 쪽방은 허름한 단층 짜리 옛날 건물이었다. 네모난 모양의 주택은 집마다 바깥쪽으로 드나들 수 있는 문이 있었고, 중간 마당으로 나갈 수 있는 문도 있었다. 방 한 칸에 주방이랄 것도 변변찮은 두세 평짜리 쪽방이었다. 딱히 말을 섞지 않아도 사생활이 노출될 수밖에 없는 구조다.

한 면에 방 세 칸이 있었는데 고인은 이 방들을 전부 사용했다고 한다. 방방마다 문을 열어보니 전부 쓰레기로 가득 차 있었다. 이미 쓰레기 집이라는 이야기를 듣기는 했지만 실제로 눈앞에서 보니 입이 떡 벌어졌다. 상상했던 것보다 양이 훨씬 많았다. 쓰레기를 비롯한 온갖 물건이 방에 꽉 들어차 들어가기조차 어려워 보였다.

고인은 쓰레기도 주웠지만 폐지나 고물 같은 것도 주워 팔면서 생활을 했다고 한다. 고인의 물건이 무엇인지 쓰레기가 무엇인지 분간이 되지 않았다. 씻지도 먹지도 자지도 못할 만큼 이미 그곳은 주거공간으로서의 역할이 상실돼 있었다.

"자식들이라고 이러고 사는 걸 보고 가만히 있었겠어? 돌아가면서 뜯어말리고 화도 내고 설득도 해봤지. 그래도 도통 말을 안 들으니까 별수 있나. 다 포기해버렸지."

"저렇게 집에 쓰레기가 가득하니 잠이나 거기서 잘 수 있겠어? 그래서 여편네가 어디서 잔 줄 알어? 문밖에 이불을 펴놓고 잤어."

순간 귀를 의심했다. 마당 쪽이 아니라 바깥쪽이다. 바깥쪽 문을 열고 집을 나오면 바로 골목길이다. 그 골목길에 이불을 깔고 잤다고 한다.

때는 한겨울. 쪽방은 비바람이나 겨우 막아줄 뿐 추위를 막기에는 한참 모자랐다. 그래도 바깥보다는 나을 터였다. 그런 공간을 쓰레기에 내주고 자신은 바깥에서 잤다니. 그러다가 결국 동사하다니. 도통 이해할 수 없는 일이었다. 길 한복판에서 죽음을 맞이했기에 고인은 다음 날 바로 발견됐다. 어이가 없어서 말문이 턱 막혔다. 끝없는 물음표와 함께 생각이 저절로 부정적으로 흘러갔다.

대체 왜 그랬을까? 그 쓰레기가 다 뭐라고. 셋이나 되는 자식들은 왜 어머니를 이곳에 살도록 놔둔 걸까? 세 칸이나 임대할 돈이면 반지하 월셋방이더라도 집다운 집에서 살 수 있지 않았을까? 자기 목숨보다 쓰레기가 소중했을까? 하지만 돌아가신 분은 말이 없다. 이제는 이 의문에 답을 구할 길이 없다.

고인은 고물을 주워다 생활하고 불법 약장수를 쫓아다니면서 건강식품을 샀다. 그런 잡동사니 같은 약상자가 방 한 칸에 가득했다.

쓰레기를 꺼내는 동안 천 원짜리 지폐와 온갖 동전이 쏟아져나왔다. 지금은 볼 수도 없는 구권 천 원짜리였다. 오랜만에 커다란 천 원짜리를 봤다. 곳곳에서 발견된 지폐는 고물을 팔아 마련한 돈일 텐데 기억이나 하고 있었는지 모르겠다. 고인에게 돈은 마치 가치 없는 쓰레기와 매한가지처럼 보였다.

세 평도 안 되는 좁디좁은 거주지는 거대한 쓰레기통이 되어 있었다. 소금을 끝없이 뱉어내는 맷돌처럼 방은 쉴 새 없이 쓰레기를 뱉어냈다.

이렇다 할 유품도 없었다. 고인의 옷인지 주워 온 옷인지, 유품인지 쓰레기인지 구분할 재간이 없었다. 고인의 인생을 전혀 엿볼 수 없는 집이었다.

작업을 마무리할 때쯤 의뢰자가 왔다. 찾아낸 지폐와 동전을 모아둔 통을 전달했다. 다른 유품에 대해서는 묻지도 않기에 말하지 않았다. 물론 묻는다 한들 할 말도 없었다. 어떻게 말해야 하나 괜한 고민을 했다. 딸은 무거운 동전을 짊어지고 자리를 떠났다.

이 일을 하며 이렇게나 속이 답답했던 적은 없었다. 지척에 이웃이 있었지만 제대로 대화를 나눈 사람도 없었고, 찾아오는 자식도 없는 상태로 집은 쓰레기에 내주고 자신은 문밖에서 자다가 얼어 죽었다. 한 사람의 인생이 이렇게까지 허망할 수도 있다는 걸 그때 처음 알았다. 그 집에서는 머릿속에 절로 떠오르는 수많은 의문을 단 하나도 풀어내지 못했다.

지금까지 수백 명의 인생을 지웠다. 이곳에서의 고단함을 잊고 마음 편히 가시라는 마음으로 마지막 이사를 도와드렸다. 그런데 그 집에서는 유일하게 그러지 못했다.

분명 사람이 살았는데 인생이 없었다. 아무것도 보이지 않았다. 마음을 다해 정리해드릴 인생을 찾지 못했다는 생각에 쓸쓸해질 따름이다.

잡히지 않는
행복을 좇으며

행복이란 무엇일까. 그것만큼 추상적인 단어도 없지만, 어쩌면 그렇기에 더욱 구체적으로 그려낼 수 있어야 한다고 생각한다. 아이의 웃음소리, 맞잡은 손, 아침을 깨우는 따뜻한 커피 한 잔, 고양이의 가르릉거리는 소리……. 무엇이 나를 행복하게 할까. 행복은 크기가 아니라 빈도다. 사소하더라도 자주 행복감을 느끼는 삶이 더 낫다는 말이다. 뜬구름 같은 행복만을 추구하다가는 삶을 돌아볼 때 단 한 번도 마음 편안하게 웃지 못했다는 사실에 뼈저리게 후회할지도 모른다.

재작년 3월, 파릇파릇한 새싹이 막 올라오기 시작한 때였다. 그래도 아침저녁에는 꽃샘추위 때문에 꽤나 쌀쌀했다.

집주인의 의뢰를 받고 가산동에 위치한 작은 원룸을 찾았다. 싱글 침대 하나를 놓으면 겨우 걸어 다닐 수 있을 법한 작은 공간, 원룸 중에서도 소형평수였다. 아, 또 그랬구나. 집에 들어서자마자 한숨부터 나왔다.

현관에 들어서자마자 왼쪽에 화장실이 있는 구조였는데, 화장실에서 나오다가 사고가 발생한 것으로 짐작됐다. 시신이 화장실과 방에 반씩 걸쳐져 있던 흔적이 보였기 때문이다.

대부분 화장실에서 나오다가 발생하는 사고는 두 가지로 추려볼 수 있다. 기립성 저혈압이나 미끄러져서 발생하는 낙상이다. 기립성 저혈압이라면 급작스레 일어났다가 눈앞이 빙글빙글 돌아 픽 쓰러질 수 있다. 그때 어디에 부딪히기라도 한 상태에서 기절을 하면 사망으로 이어질 수 있다. 또 화장실 앞에 매트를 놓지 않고 생활하다가 물 묻은 발이 미끄러져 머리를 크게 부딪혀 사망하는 사고도 생각보다 흔하다. 별것 아닌 작은 일이 심각한 사고로 이어지고, 생과 사를 가른다.

집 상태는 썩 좋지 않았다. 먹다 남은 음식물과 쓰레기가 뒤엉켜 있었고, 굴러다니는 술병도 가득했다. 늘 보는 비슷한 풍경이지만 유독 눈에 띄는 것이 있었다. 컴퓨터를 포함한 수많은 전자기기였다.

이쪽 계열로는 지식이 전혀 없어서 아무리 들여다봐도 뭘 위한 장치인지 분간이 되지 않았다. 청소를 시작하기 전에 의뢰를 한 집주인에게 전화를 했다. 작업을 하면서 유의할 사항이나 알아둬야 할 것이 따로 있는지 물었다.

집주인이 말하기를, 고인에게는 딸이 한 명 있는데 고인과 오랫동안 연락을 끊고 살았다고 했다. 이번 사고로 경찰 측이 수소문 끝에 딸을 찾았고 시신을 인계했다. 지금 장례를 치르는 중이고 현장 수습은 남은 보증금으로 처리해달라고 해서, 집주인이 직접 청소 의뢰를 하게 된 것이었다. 집주인은 고인의 딸이 우려되어 이런저런 이야기를 더 나누었다고 했다. 아버지와 왜 연락을 끊고 살았는지, 아버지는 왜 혼자 살게 되었는지 등등.

딸은 워낙 어릴 때 부모님께서 이혼하셔서 자세한 사정은 잘 모르는 듯했다. 다만, 딸은 이렇게 말했다.

"아버지는 자기 일을 사랑했고, 일에 미친 사람이었어요."

고인은 가족들의 안위에는 전혀 관심이 없었고 돈벌이와 관련이 없는 연구개발에만 몰두했다. 마치 집에 없는 사람인 것처럼 방에 틀어박혀 먹지도 자지도 않고 뭔지 알 수 없는 일을 계속했다. 어머니는 남편의 그런 모습과 생활에 점점 지쳐갔고 이혼을 결정했다.

가족과의 인연은 그것으로 끝이었다. 이후 수십 년을 소식조차 모르고 살았다. 서로에게 정도, 미련도, 아쉬움도 전혀 남지 않은 남남이 되어버린 것이다. 이렇게 오랜 기간 연락을 끊고 살았던 가족은 간혹 시신 인계조차 거부하기도 한다. 함께한 세월보다 모르는 타인처럼 산 세월이 더 길어지면 그럴 수도 있다는 생각이 든다. 다행히 이번에는 시신 인계를 거부하지 않았고 장례도 무사히 치러주었다.

집주인과의 통화를 끝내고 유품을 정리하기 시작했다. 고인은 50대 후반이었다. 정확히는 모르지만 딸이 20대 중후반쯤 된 듯하니 고인은 깨나 이른 나이에 결혼을 하고 가정을 꾸렸던 것 같다.

'일이 그렇게 좋은데 결혼은 왜 그렇게 빨리 했을까.'

일을 하다 보면 순간순간 의문이 떠오른다. 답을 줄 수 있는 사람은 이미 세상에 없으니 의문은 영영 의문으로 남을 수밖에 없다.

정리를 한참 하는데 곱게 포장된 상패가 눈에 띄었다. '장영실상'이라고 쓰여 있었다. 궁금증을 못 이기고 검색을 했다.

장영실상은 1년 52주 동안 매주 한 개의 제품을 선정해서 시상한다고 했다. 우리나라 대표 과학자인 장영실의 이름을 따서, 신제품 개발에 공헌한 연구개발자들의 노고를 기리기 위해 만든 상이라고 한다. 상패에 날짜가 적혀 있었지만 훼손되어 파악하기가 어려웠다. 그저 꽤 오래전에 받은 것으로 짐작해볼 뿐이다.

52주 동안 시상한 52개의 제품을 놓고 매년 세 번 최우수 장영실상을 뽑는다고 했다. 만약 고인이 결혼 후에 이 상을 받았다면 최우수상을 받기 위해 그렇게 노력했는지도 모르겠다는 생각이 퍼뜩 들었다.

민간기업의 지속적인 기술개발 풍토 확산, 연구개발자의 사기 진작에 기여하기 위해 91년도부터 시행했다는 '장영실상'은 확실히 연구자들의 의지를 북돋았다. 그리고 그 여파도 컸다. 가족도 뒷전으로 할 만큼 고인이 개발에 몰두했으니 말이다.

무엇을 개발하고자 했는지는 전혀 알 수 없지만, 집 안에 있던 컴퓨터와 수많은 장치는 고인이 죽기 직전까지도 연구에서 손을 놓지 않았음을 여실히 보여줬다. 이혼 전에도 다른 것에는 다 손을 놓고 오로지 연구에만 매달렸다고 하더니, 잘 먹지도 씻지도 않은 듯 보였다. 그만큼 집 상태가 엉망이었다. 사람이 살았다고 볼 수 없을 만큼 오염이 심각했다.

눈을 뜨면 개발에 매진하고 술을 수면제 삼아 잠들었다. 쓸모있는 물건이라고는 하나도 없어 보이는 그 집에서 곱게 포장해둔 상패는 그의 유일한 귀중품이었다.

그러나 그는 알았을까? 그가 죽고 난 후 그렇게 애지중지했던 이 귀중품이 결국에는 버려질 운명이라는 것을. 다른 사람 어느 누구에게도 전혀 귀중하지 않은 물건이라는 것을. 집 안의 다른 쓰레기와 마찬가지 신세라는 것을.

동경하는 뭔가를 높은 곳에 올려놓고 아등바등 좇느라 그는 곁에 있던 모든 행복을 놓쳐버리고 말았다. 이상만 좇지 말고 곁을 좀 보았다면 얼마나 좋았을까 싶어 안타까운 마음이 절로 들었다. 그가 연구에 눈을 두는 동안 가정은 무너졌고 아이는 자라 성인이 됐다. 아이가 자라면서 보여주는 그 눈부신 경탄의 순간을 그는 모조리 놓치고 말았다.

나에게 있어 행복이란 '가족'이다. 이 일을 하면 할수록 그 생각은 점점 더 강해진다. 아주아주 돈을 많이 벌어도, 간절했던 평생의 꿈을 이뤄도 함께 나누고 함께 기뻐할 존재가 없다면 그게 다 무슨 소용일까. 물론 이 역시 나의 판단이고 나만의 생각일 수 있다. 행복에 대한 기준은 저마다 다를 테니.

　다만, 그는 그렇게 하고 싶은 일을 하며 살아서 행복했을까? 죽기 직전에 행복하게 잘 살았구나, 하고 후회 없이 눈을 감았을까? 생의 모든 순간에 회한이 남지 않았을까? 가족에 대한 미련이 남지는 않았을까?

　풀리지 않는 의문을 곱씹는 동안 어느새 정리가 마무리되었다. 고인의 연구는 끝을 맺지 못했고, 그는 홀로 죽음을 맞이했다. 그의 인생을 마무리해준 것은 그가 그토록 매달렸던 일이 아니라 그가 버렸던 가족이었다.

4장.

늦기 전에 손을 맞잡을 수 있다면

재난 속에서 사는
사람들

어느 순간부터 익숙해진 단어가 있다. 바로 재난문자다. 갖가지 종류의 재난문자가 핸드폰으로 수신된다. 큰불이 났다거나 홍수가 났다거나 전염병 환자가 발생했다거나 실종자가 발생했다거나……. 하지만 일상이 재난인 사람들이 세상에는 생각보다 많다. 그들은 질병 때문에, 가난 때문에 다시 일어서지 못하고 재난 속에서 허우적대다가 생을 마감한다.

이번 현장에는 내 유튜브 채널을 통해 알게 된 모녀가 함께했다. 엄마는 조현병을 앓고 있었고 그 딸은 열여덟 살이었다. 엄마가 유튜브를 보고 메일을 보내왔다. 현장에 함께 방문하고 싶다는 청이었다. 아직 어린 딸이 지켜보기에는 현장이 끔찍하고 너무 절망적이라는 생각도 들었다. 하지만 그들의 청이 절박했다. 또 한편으로는 이런 요청을 하는 게 이해도 갔다.

대표님, 안녕하세요. 저는 열여덟 살 딸과 둘이서 살고 있는 엄마입니다. 저는 조현병을 앓고 있습니다. 처음에는 우울증이었는데 조현병으로 발전해버렸어요. 사회생활이 힘들어졌고, 지자체의 도움을 받아 기초생활수급자가 됐지만 한창 성장기인 딸을 키우며 살아가기에는 현실이 녹록치 않았습니다. 우울증 치료도 차도가 별로 없고요. 그러다가 사춘기 딸에게도 우울증이 시작됐습니다. 저희 둘은 사는 게 매일 전쟁이에요. 서로 우울하고 예민하니 싸우지 않는 날이 없습니다.

그래서 도움을 청합니다. 현장에 동행해서 어쩌면 우리 모녀의 참담한 끝과 같을지 모를 모습을 보고 느끼고 싶습니다. 영상으로도 봤지만, 실제 현장에서 냄새를 맡고 부패물을 눈으로 직접 보면 느끼는 바가 다를 것 같습니다. 두려움에 오히려 삶의 의지가 조금이라도 생기지 않을까 하는 생각이 듭니다. 함께할 수 있도록 허락해주세요.

고민이 됐지만 나도 딸을 키우는 입장이라 생각 끝에 수락하고 현장에 동행했다. 작업을 하는 동안에도 여러 이야기를 나누었다. 자식을 키우면서 힘든 점은 여느 부모와 다르지 않았다. 다만 서로 마음이 너무 지쳐 있다 보니 보듬어주지를 못하는 상황이었다. 아이 엄마는 마음에 바늘 하나 들어갈 자리가 없을 정도로 여유가 없는 상태였다.

"5년 전에 엄마가 돌아가셨어요. 엄마는 몸이 많이 아팠는데 제가 직접 간호했어요. 피부가 점점 썩어 들어가는 병이었어요. 엄마가 그렇게 돌아가시고 난 후부터 우울증이 시작됐어요. 기억은 점점 희미해지는데 엄마 몸에서 풍기던 썩은 내는 세월이 아무리 흘러도 잊히질 않네요. 제 병도, 딸아이 병도 낫지는 않고 점점 몸집을 키워가기만 하는 것 같아요. 이러다 하지 말아야 할 선택을 하게 될까 봐 무서워요."

"치료는 잘 받고 계신 거죠?"

"네, 치료라기보다는 사실 약에 의지해서 하루하루 버텨내고 있다는 게 맞겠죠. 약을 먹고 쏟아지는 졸음에 종일 자다 깨다를 반복하다 보면 어제인지 오늘인지 지금이 몇 시인지조차 분간이 안 가요. 그렇게 매일 똑같은 시간이 반복되고, 상황을 변화시킬 힘도 바닥이 난 상태예요. 그래서 대표님께 도움을 청했어요. 저희가 결국 죽음을 택하게 된다면 저희의 마지막 모습이 어떨지 보고 싶어서요."

일종의 충격요법을 시도해보는 셈인데, 그날의 동행이 모녀에게 도움이 됐을지 어떨지는 알 수 없다. 그저 함께 보고 듣고, 현장을 치우며 느꼈던 것들이 조금이나마 생의 의지를 북돋아줬기를 바랄 뿐이다. 마침 이번 현장은 모녀가 극단적인 선택을 했을 때 어떤 일이 벌어질지 조금은 예상해볼 수 있는 자살 현장이었다.

고독사는 혼자 살면서 주변의 도움을 받지 못하고 고독하게 죽어가는 것을 말한다. 이럴 때는 대부분 시신이 방치되어 뒤늦게 발견된다. 한편 자살을 했어도 바로 발견되었다면 고독사로 분류하지 않는다. 이때는 특수청소도 필요하지 않다. 하지만 이번 현장은 고독사가 맞았다. 자살 후 두 달 만에 발견됐기 때문이다.

이곳에는 53세, 51세 남매 둘이 살았다. 남동생은 군대를 제대할 때까지만 해도 건강했다. 그런데 취업을 하고 막 사회생활을 시작할 무렵부터 희귀병에 걸렸다고 한다. 병에 대해 써놓은 기록이 없어 병명까지 알기는 어려웠다. 그나마 이 내용도 주변 이웃에게 들었다.

이곳에서 산 지 17년째. 보증금 100만 원에 월세 17만 원짜리 반지하였다. 집 안으로 들어서니 지독한 시취를 덮을 만큼 곰팡내가 가득했다. 침수현장이라고 해도 믿을 만큼 장판 밑에 물이 자박자박했다. 걸음을 옮길 때마다 장판이 꿀렁거리고 찰방찰방 소리가 났다. 벽은 모두 불이라도 났던 것처럼 새까맸다. 죄다 곰팡이였다. 반 평짜리 고시원도 월 30만 원씩 하는데 서울에서 이렇게 저렴한 집을 구했으니 그나마 운이 좋았다고 해야 할까.

남매는 이곳에 오기 전까지는 따로 살았을까. 남동생의 희귀병으로 가세가 기울어서 둘이 함께 이곳을 찾았을까. 알 길이 없었다. 집주인에게 들은 바로는 작년부터 월세가 밀렸다고 했다. 그전 16년 동안은 없던 일이었다. 하지만 주인은 전례 없는 전염병 때문에 남매도 형편이 더 어려워졌으리라고 짐작하고 믿고 기다렸다. 어느덧 1년의 시간이 지났고 이상한 냄새가 난다는 윗집의 전화에 집주인은 남매의 집을 찾았다. 남매의 죽음은 그렇게 세상 밖으로 전해졌다.

뭘 먹고 살았는지 음식이라고는 찾아볼 수도 없었다. 흔하디흔한 참치 캔 하나 나오지 않았다. 그런데 집에서 아이돌 굿즈가 세 박스나 나왔다. 습관처럼 잔소리가 비집고 나왔다.

"속없다. 속없어."

이걸 사서 모으는 동안에는 현실의 무거운 짐을 잊을 수 있었을 테고, 그렇게 잠시나마 즐거운 꿈을 꿀 수 있었다면 그 또한 좋은 일이다. 그래도 어쩔 수 없이 안타까운 마음이 입을 통해 흘러나갔다.

남매가 어릴 때 부모님은 이혼했고, 그때 헤어진 엄마는 아직 살아 계신다고 했다. 이미 오래전에 새 삶을 시작한 엄마는 자식들의 죽음을 회피했다. 책임을 거절했다. 남매가 이미 50대이니 엄마는 못해도 70대가 넘은 나이다. 자식에게 애틋한 마음이 남아 있기에는 너무도 긴 세월이 흘렀는지도 모른다. 둘은 지자체의 도움으로 화장을 했을 것이다. 두 사람의 유골은 무연고 추모의 집에 안치됐다가 5년이 지나면 합동으로 안장된다.

여름이 되면 물난리가 나는 상황이 몇 년째 반복되고 있다. 강남의 수많은 건물이 물에 잠기고 안타깝게 목숨을 잃은 사람도 많았다. 그 위기 속에 히어로가 나타나기도 했다.

그런데 이들은 그런 물난리, 불난리 같은 상황을 몇십 년이나 견뎠다. 이곳에서는 매일이 재난이었다. 수도가 터져 침수됐고 단전으로 전기가 들어오지 않았다. 벽에는 그을음 같은 까만 곰팡이가 빼곡했다. 등록되지 않은 희귀병이어서, 젊어서, 둘이어서 나라의 도움도 받지 못했다. 남매에게 세상은 늘 어두웠다. 빛 한 점 들어오지 않는 반지하 방은 지독하게 캄캄했고, 현실은 그보다 더 칠흑 같았다. 차라리 눈을 감아 캄캄한 것이 나았으리라. 도망칠 곳이 그곳뿐이라 그곳으로 갔을 뿐이다. 이들의 삶에는 히어로가 없었다.

그런
어른은 없다

유독 스스로에게 가혹한 사람들이 있다. 자신에게 관대하지 못한 사람들. 그런 사람들은 작은 실수나 게으름도 용납하지를 못한다. 그러니 더욱 괴로울 수밖에 없다.

지난 2월 초에 고인의 어머니에게 의뢰를 받았다. 아들이 자취방에서 자살했다고 했다. 울먹거리는 듯 조심스러운 말투였다. 장례를 치르고 아이 아빠와 함께 아이의 자취방을 정리하러 갔는데, 아이 아빠가 숨이 쉬어지지 않는다고 고통을 호소해서 결국 정리를 마치지 못했다고 했다.

아이는 연세대학교 학생이었다. 작년 여름에 군대를 제대하고 복학해 근방에서 홀로 자취중이었다. 현장에 가보니 여느 대학생 자취방과 다를 게 없어 보였다. 원룸 형태의 흔한 집이었다.

어머니는 옷가지와 물건은 전부 택배로 보내달라고 요청했다. 짐이 많지 않았기에 흔쾌히 수락했다. 버릴 것과 버리지 않아야 할 것을 일일이 살펴보며 정리하던 중 가방에서 공책을 하나 발견했다. 이건 어떻게 해야 하나 결정하기 위해 펼쳐보니 일기장이었다. 고인이 제대하고 얼마 지나지 않아서부터 써온 것이었다.

그곳에는 유독 '어른'이라는 단어가 많이 등장했다. 이제 엄연한 어른인데 왜 자신은 어른다운 어른이 되지 못했는지에 대해 한탄하는 내용이 가득했다. 그는 어른의 생활을 동경하며, 어른이 되기 위해 노력했다. 그에게 어른이란 계획한 대로 규칙적인 생활을 하고, 학업에 뒤처지지 않으며, 착실하게 성공적인 미래를 설계하는 사람이었다.

자신에 대한 질책도 넘쳐났다. 늦잠을 자는 자신에게, 공부에 집중 못 하는 자신에게, PC방에서 게임을 하는 자신에게……. 평범한 모든 일상에 가혹하리만치 실망했으며, 안부 전화를 하는 부모님께 과하다 싶을 정도로 죄스러워했다. 무엇이 이토록 아이를 힘겹게 만들었을까?

워낙 세심하고 예민한 청년이었다. 시간대별로 자신이 뭘 했는지 꼼꼼하게 일기장에 적어놓고 반성했다. 그의 일상은 20대 초반의 또래들과 다를 바가 전혀 없이 평범했다. 하지만 그에게는 그런 여물지 못한 생활이 어른스럽지 못한 유치한 행동으로 느껴졌다.

수업이 없어도 정해진 시간에 일찍 일어나서 밥을 먹고 운동을 하고 공부를 해야 한다고 생각했다. 정해진 시간에 일어나지 못하면 스스로를 채찍질했다. 구제불능이라고, 게으르고 실패한 루저라고 여겼다.

일기장을 읽어내려가다가 눈물이 핑 돌았다. 그는 결국 몇 개월 전부터 정신과 상담을 받고 약을 받아 먹었다고 한다. 약에 취해 몇 시간씩 잠들었다 일어나면 다 지나버린 하루에 상심하기를 반복했다.

약 때문이다, 공부하느라 피곤해서다, 아직 젊으니까 괜찮다는 핑계조차 없었다. 그저 모든 것을 자신이 어른스럽지 못해 벌어진 일이라며 자기 탓을 했다. 약에 취해 수업에도 집중하지 못할 때가 늘어났고, 그런데도 사람들을 만나 웃고 떠드는 자신은 가식적인 인간이라고 자책했다.

새드앤딩을 향해가는 한 편의 영화처럼 마지막을 예감하게 하는 일기는 어느덧 유서로 끝나 있었다.

아이 마음속에 자라난 어둠을 감지한 부모님은 살뜰하게 아이의 생활을 챙기며 다독였지만, 그는 부모님의 그런 행동에서마저 죄책감과 부담을 느꼈다. 정신과 의사조차도 자신을 한심하게 여긴다고 생각했다. 어느새 세상 모든 사람이 그에게는 두려운 적이 되어 있었다. 산소가 없는 물속에 있는 것처럼 숨 막혀했고 다가오는 내일을 공포스러워했다.

고맙고 사랑한다는 내용의 유서까지 눈으로 읽은 후 일기장을 덮었다. 부모가 이 일기장을 읽으면 또 얼마나 가슴 아파할까. 벌써부터 내 마음이 저릿했다.

파손이 되지 않도록 전자기기들을 꼼꼼히 포장하던 중에 전원이 꺼지지 않아 그대로 남겨진 노트북의 검색화면에 눈시울이 붉어졌다.

자살, 자살하는 법, 목맴, 목맴 매듭, 아프지 않은 자살……. 버티고 버티다가 끝내 자살 방법을 검색하는 동안 얼마나 무서웠을까.

긴 학창시절을 지나 좋은 대학을 갔다. 그런데 그곳은 끝이 아니라 새로운 시작이었다. 영재들만 모아놓은 대학에서 그는 점점 자신을 잃어갔다. 그냥 무난한 대학에 들어갔다면 그는 아직 살아 있을까, 하는 실없는 생각까지 들었다.

그의 부모는 이보다 몇 배로 더 큰 후회와 눈물로 남은 생을 살아가게 될 것이다. '이랬다면 살았을까, 저랬다면 살았을까' 하는 절망적인 후회 말이다.

정리를 끝내고 어머니에게 작업이 종료되었다고 알렸다. 택배로 보내주기로 한 물품을 전화로 함께 확인하던 중에 아이의 엄마도 나도 울었다. 힘든 시간을 홀로 보내게 해서, 마지막을 쓸쓸하게 만들어서, 어른으로서 도와주지 못해서, 후회되는 것이 너무 많아서, 살리지 못해서, 미안해서. 한참을 울고 나니 목이 메어 말을 할 수가 없었다.

글을 쓰는 지금도 코끝이 찡하다. 청년들에게 말하고 싶다. 당신이 그리고 있는 그런 어른은 없다. 어른은 상상 속에나 있을 뿐이다. 아이들에게도 어른이 배워야 할 훌륭한 모습이 있다. 그리고 어른답지 못한 어른도 수없이 많다. 틀에 넣고 찍어내는 듯이 어른이 되는 게 아니라 저마다의 무늬를 갖고 각자 다른 모습의 어른으로 성장한다.

지금 추운 겨울을 지나는 중일지도 모른다. 하지만 추운 겨울에만 만들어낼 수 있는 것도 있다. 나무는 겨울에는 높이 성장하는 대신, 휴지기를 가지며 나이테를 만들어낸다. 그렇게 두께를 불려나간다. 지금은 나만의 나이테를 만드는 시간이다. 이 겨울이 지나고 나면 더 단단해진 몸과 마음으로 별것 아니었네, 할 날이 온다.

그냥 시간이 다 해결해준다는 하나 마나 한 말을 하려는 게 아니다. 그저 안달복달하다가 혹여 추위에 병을 얻을까 봐 안쓰러운 마음에 하는 말이다. 너무 힘들 땐 차라리 속 편하게 게을러지는 날도 보내길 바란다. 한때 게으르게 살았다고 남은 인생이 망가지는 건 아니다. 마음에 들지 않는 하루를 보냈다고 해서 세상이 망하는 건 아니다. 그렇게 쉬고, 뛰고, 또 어쩔 땐 실컷 누워도 있으면서 어른이 되는 거다. 죽지 말자는 다짐을 전하고 싶다.

고독사의
또 다른 이름

"할머니가 복 있으시다."

제명을 다하고 돌아가신 할머니의 장례식. 사람들이 북적이는 모습을 보고 어느 드라마에서 문상객이 상주인 손녀에게 한 말이다. 고독사 현장을 접하다 보면 그 말이 얼마나 사무치는 진실인지 모른다. 미련 없이 생을 마감하고 주위 사람에게 다정한 배웅을 받을 수 있다면 세상에 그것만 한 복도 없다는 생각이 든다.

아무도 없이 혼자서 죽음을 맞이한다고 해도 드라마나 영화에서는 그저 눈을 감는 모습으로 표현되고 끝난다. 그 이후의 일을 보통 사람이 상상하기란 쉽지 않다. 누워 있던 자세 그대로 이불에 거뭇하게 흔적이 남는다거나 시신이 부패하면 피가 줄줄 흘러내릴 것이라고 누구도 짐작하지 못한다. 한 움큼 떨어져 있는 머리카락과 손톱, 치아 등을 누가 떠올릴 수 있을까.

LH 아파트는 주택 반지하만큼이나 자주 찾는 곳이다. 형편이 어려운 사람들에게 저렴하게 임대를 내주는 곳인데, 아무래도 고독사 당사자는 대부분 형편이 어렵기 때문이 아닐까 싶다.

현관문을 열고 들어가 주방을 지나 방 안으로 들어섰다. 너무나 익숙한 구조였다. 방에는 고인이 마지막으로 사용한 이불이 보였다. 고인의 흔적이 고스란히 남아 어떤 모습으로 누워 있었는지 짐작할 수 있었다. 사후 꽤 오랫동안 방치됐는지 이불에 부패물이 흠뻑 스며들어 들어서 나르기가 어려울 지경이었다.

정리를 의뢰한 고인의 형이 직접 유품을 찾겠다고 했으니 얼른 유해 흔적을 지워놓아야 했다. 유품을 유족이 스스로 찾겠다고 하는 데는 몇 가지 이유가 있다. 대부분은 유품정리사를 믿지 못해서고, 간혹 현장 정리는 손수 할 수가 없지만 유품이라도 직접 갈무리하겠다고 나서는 경우도 있다. 어떤 이유든 이해가 되는 일이라, 이럴 때는 부분 청소를 먼저 해놓는다.

아무리 가족이라고 해도 일반인이 고독사 현장을 들여다보기란 쉬운 일이 아니다. 시각과 후각은 기억 속에 오래 자리를 잡고 트라우마를 남긴다. 그래서 가족이 직접 유품을 찾기를 희망할 때도 고인의 마지막 흔적은 내가 먼저 치운 후에 정리하기를 권한다. 아무리 설명해도 나를 믿지 못하고 유족 전부가 방진복에 방진 마스크, 고무장갑으로 무장하고 우르르 현장에 들어간 경우도 있었다. 이 역시 이해할 수 있는 일이다. 유품정리사도 엄연한 타인이니까.

고인의 형에게 현장 내부의 상황을 보태지도 덜어내지도 않고 있는 그대로 전했다. 그는 모든 설명을 듣고 흔쾌히 그러마 하고 밖에서 기다렸다. 얼른 고인의 마지막 자리를 정리하고 자리를 비워드렸다.

시간이 생긴 김에 밖에 나와 커피를 한잔 마시려는데 이웃 주민이 다가왔다. 옆집 사람이라고 했다. LH 아파트는 복도

식 구조로 여러 가구가 나란히 산다. 베란다가 전부 벽을 두고 이어져 있는데 화재가 발생하면 베란다 벽을 부수고 옆집으로 넘어갈 수 있도록 벽 두께를 얇게 만들어둔다.

"집이 좁아서 냉장고를 베란다에 뒀는데 냄새가 심해서 베란다 문을 열 수조차 없어요."

아, 그렇구나. 베란다에 냉장고를 두는 가구도 많다. 냉장고를 둘 곳이 없을 정도로 집이 협소하기 때문이다. 부패가 상당히 진행된 탓에 시취가 심각했다. 얇은 벽을 타고 옆집 베란다까지 냄새가 넘어갔을 것이다.

"제가 최대한 빨리 일을 끝내겠습니다. 일이 끝나고 나면 많이 괜찮아질 거예요."

이웃 주민은 연신 감사 인사를 건네고 꽤 밝아진 얼굴로 돌아섰다. 음식물 쓰레기 냄새조차 견디기 힘들어서 냉동실에 얼려뒀다가 버리는 집도 있다. 상황을 모를 때도 참기 힘든 악취인데, 알고 나서는 더욱더 견디기 어려웠을 것이다.

고인의 형이 집 밖으로 나오자마자 서둘러 일을 시작했다. 유품 반출을 하는 동안 옆집 사람을 두어 번 더 마주쳤다. 그때마다 그분을 안심시켜야만 했다. 현장을 사고 이전으로 돌려놓을 수 있는 유일한 사람이 유품정리사이기 때문이다. 설명을 듣고 바로 조금 전에 안심하고 돌아섰건만 자기 집에 들어가니 코를 자극하는 시취 때문에 다시 불안에 휩싸였을 것이다.

한편으로는 상황이 이렇게 되기 전에 한 번쯤 이웃집의 상황을 살펴볼 기회가 있었더라면 얼마나 좋았을까 하는 아쉬움도 들었다. 물론 안다. 모두 자기 몫을 감당해내느라 힘들게 살아가고 있고, 타인의 삶에 관심을 두는 건 피차 원치 않는 일이 된 지 오래라는 것을. 그래도 입맛이 쓴 건 어쩔 수가 없다.

마지막에 가서 중요한 것은 돈도 명예도 아닌, 관계라는 말이 있다. 서로의 안부를 궁금해하고 도움이 필요할 때 서로 돌볼 수 있는 '사회관계자본'이 결국에는 돈보다 더 필요하고 더 중요하다는 것이다. 수많은 사람의 외로운 마지막을 지켜보며 이 사실을 뼈저리게 실감할 수 있었다. 우리의 마지막을 채워주는 건 돈이 아닌 사람이다.

안타깝게도 우리 사회는 관계를 남기기 어려운 방향으로

점차 흘러가고 있다. 1인 가구는 폭발적으로 늘어나고 있고, 예전의 공동체는 사라진 지 오래다. 마지막 보루인 제도까지 제 역할을 하지 못한다면, 고독사와 고독사 현장이 방치되는 사례는 점점 늘어날지도 모른다.

살아서도 죽어서도 힘든 시간을 보낸 고인의 마지막 장소이기에 고독사 현장에는 대개 지독한 절망의 기운이 감돈다. 감당하기 어려운 외로움 속에서 마지막 순간을 오로지 혼자 감당해낸 고인의 모습이 눈에 그려진다. 그래서 고독사의 또 다른 이름은 '절망사'이다.

그 절망을 잠시나마 들여다보고 환기해줄 관계나 제도가 있다면 얼마나 좋을까. 베란다 벽을 타고 들어오는 냄새로 괴로워하기 전에 서로에게 작은 창이 되어줄 수 있다면 얼마나 좋을까. 타인의 고통과 죽음에 무감해지는 대신, 죽음으로 그 존재를 확인하는 대신, 사는 동안 서로에게 나지막한 울타리가 되어준다면 얼마나 든든할까.

고독하고 절망스러운 현장이 조금이나마 줄어들기를, 생의 끝자락에 모두가 아주 작은 복이나마 누릴 수 있기를 바라며 오늘도 가만히 두 손을 모은다.

지옥의 계단을
오르고 올라

끝없이 펼쳐진 계단을 보고 한숨부터 나왔다. 한 사람이 겨우 통과할 만한 폭이 좁은 계단을 쉼 없이 오르고 꺾어지는 곳에서 다시 새로운 계단을 만나 오르고, 그렇게 네모를 두 번쯤 크게 그릴 만큼 계단을 오르고 또 오르니 작은 골목이 나왔다. 이제 정말 도착했나 싶었는데 그 골목 끝에서 또다시 계단을 마주쳤다.

집은 2층이었다. 90도 가까이 기울어진 각도가 아찔했다.

이건 계단이 아니라 숫제 사다리였다. 무릎을 꿇고 매일 현장 청소를 하다 보니 이렇게 높은 계단을 오를 때면 눈물이 찔끔 날 정도로 무릎이 아프다. 삐걱삐걱 녹슨 기계 같다는 생각도 든다. 고독사 현장이라는 안타까움도 잠시, 저 지옥의 계단을 몇 번이나 왕복해야 이곳의 짐을 모두 빼낼 수 있을지 걱정이 앞섰다.

대개의 현장은 비좁고 열악하다. 그래서 사람이 많으면 일하면서 서로의 동선에 방해가 되기 때문에 두 명이 일하는 게 가장 적합하다. 또 사람들이 우르르 들어갔다 나왔다 하며 일하면 아무래도 주변 이웃에 이곳에서 있었던 일이 노출되기 쉽기 때문에 사람이 많이 오는 걸 집주인이 꺼리기도 한다. 어떤 이들은 죽음이, 그중에서도 고독사가 빠르고 조용하게 지워지기를 바란다.

이런저런 이유로 오늘도 둘이서 왔는데 장소를 보니 둘쯤 더 데리고 왔어야 했나 후회가 됐다. 하지만 이내 생각을 고쳐먹는다. 인원이 늘어난다는 것은 그만큼 청소 비용이 늘어난다는 뜻이고, 유가족에게 더 큰 부담을 지우는 일이기 때문이다.

드물게 고인과 달리 유가족은 형편이 꽤 괜찮을 때도 있지만, 대부분은 고만고만한 살림이다. 가족이라도 도움을 줄 상황이 안 되기 때문에 서로 연락하기가 어려워진다. 그래서인지 가난한 사람의 마지막은 고독사일 때가 많다. 물론 가난하다고 해서 다 그런 결말을 맞는 건 아니다. 이번 현장의 당사자는 가족이 있었고 연락이 끊기지도 않았다. 그러나 노부모도 아니고 50~60대 형제가 매일 안부 전화를 하며 지내는 경우는 극히 드물다.

형제가 가까이 왕래하며 지내지 못한 데는 이 집의 환경도 한몫했다고 한다. 이 '지옥의 계단' 때문이다. 한참 먼 곳에 차를 세워두고 이 집까지 오려면 수많은 계단을 지나야 한다. 어지간히 급한 일이 아니고서는 집에 사는 사람도 나가기 싫을 정도다. 그러니 가족이 찾아오기 어려웠고 고인도 집 밖으로 거의 나오지 않았다.

하루가 다르게 변하는 게 서울이라고 하지만 오랜 세월을 견디며 묵묵히 그 자리를 지키는 동네도 있다. 십 년이면 강산도 변한다는 말이 무색하게 몇십 년째 시간의 더께를 고스란히 덮어쓰고 낡아가는 곳. 바로 재개발구역이다. 그러다 때가 되면 동네가 철거되고 새로운 아파트가 들어선다.

서울 당고개에는 아직도 판자촌이 있다. 그곳에 일하러 갔었는데 동네 자체에서 나는 끔찍한 악취에 고독사 현장의 시취가 묻힐 지경이었다. 고독사가 발생하면 주변 이웃의 불평과 민원이 날이 갈수록 거세지는데 그곳에서는 아무도 관심이 없었다. 음식물 쓰레기인지 일반 쓰레기인지 모를 쓰레기가 한데 뭉쳐져 썩어가고, 지금은 시골에서도 찾아보기 힘든 재래식 화장실 오물 냄새까지 합쳐져 숨쉬기조차 힘들었다. 사람들은 이렇게 말한다.

"재개발 명령 떨어지면 보상받으려고 버티는 거지, 뭐."
"자기가 좋아서 하는 고생인데 어쩌겠어."

주민들에게는 정말이지 억울한 오해다. 당고개 산동네 판자촌에 살던 고인의 집을 들여다보고 나는 경악을 금치 못했었다. 수십 년 된 선풍기와 텔레비전, 밥솥이 자리를 차지하고 있었다. 브랜드명은 GOLD STAR. 이제는 박물관에서나 볼 법한 옛날 물건이다. 작동이나 되는 건지……. 이렇게 살면서 재개발 보상을 받으려고 이곳에서 버틴다고?

장마에는 들어차는 물을 퍼내고 한겨울에는 밤잠 설쳐가

며 연탄을 때면서, 쉼 없이 계단을 또 오르고 올라서야 도착하는 집에 살 수밖에 없는 이유는 '이곳을 벗어날 수 없기 때문'이다. 하루가 멀다 하고 나오는 부동산으로 몇십억씩 돈을 번 연예인 이야기, 월세 1000만 원도 우습다는 부촌은 딴 세상 이야기이다. 보증금 100만 원에 월세 20만 원짜리 집도 그들에게는 언감생심이다. 그럴 형편도 안 되니 그냥 이곳에 사는 거다. 계속 살아왔으니 여기 계속 머무는 거다. 벗어날 희망도 의지도 진작에 잃었다. 내일 걱정도 아닌 오늘 끼니 걱정만 하고 사는 일상에 익숙해져버렸다. 그러면 또 사람들은 말한다.

"그렇게 안 살려면 노력을 해야지. 다 자기 할 탓이지."
"뭐라도 해서 벗어날 생각을 해야지. 뭘 해도 이것만 못하게 살까."
"다들 악착같이 사는데 왜 저렇게 무기력해?"

하지만 그곳에서 오랜 시간을 사는 동안 조금씩 닳아버린 희망과 알게 모르게 쌓인 절망의 무게는 들여다보지 못한다. 지옥의 계단을 지나쳐 다다른 곳은 당연히 지옥이다. 삶이 온통 지옥인데 희망을 어떻게 키울 수 있을까.

나도 유품정리 일을 하지 않았다면 다른 사람들과 비슷하게 생각하고 똑같은 말을 서슴없이 내뱉었을지도 모른다. 하지만 나는 그들의 집에 가서 짐을 정리하며 그 삶을 똑똑히 봤다. 쉽게 판단하고 쉽게 말할 수 없는 삶이었다. 죽을 선택을 하지 않고 이렇게 살아준 것만으로도 감사했다.

보이지 않는 곳에, 애써 시선을 거둔 곳에, 많은 사람이 우리가 생각하기도 어려운 형편과 고통 속에서 살아가고 있다. 임대아파트 등 거주 공간을 마련해주는 것도 이차적인 문제다. 몇백만 원 하지 않는 보증금조차 마련할 여력이 없는 사람에게는 그림의 떡이기 때문이다. 배운 것이 없고 몸은 아프고 정신은 한없이 약해져 있다. 그들에게 찾아가 먹을 것을 주고 돈을 주고 끼니를 해결할 수 있도록 돕는 것도 중요하지만, 그보다는 그들이 다시 밖으로 나올 수 있도록 할 방안이 필요하다. 코앞이 아니라 내일, 내년을 걱정하고 계획할 수 있어야 의지가 생기고 그곳에서 벗어나고자 노력할 수 있다.

매서운 말이 아니라 따뜻한 위로와 공감이 필요하다. 나와는 영판 다른 사람이 아니라 똑같은 사람이라는 인식이 필요하다. 우리에게 필요한 건 '남보다 잘사는 사람'이라는 우쭐

함이 아니라 '남보다 나은 사람'이 되고자 하는 노력이다. 다른 사람을 업신여기는 마음이 아니라 그들에게 자그마한 희망의 불씨라도 만들어주고자 하는 마음이다. 내 일이 아니라고 가볍게 쓴소리를 하고 훈계할 게 아니라 나는 무엇이 더 나은지를 돌아볼 일이다.

그들에게 한 톨의 희망도 건네지 못한 나는 그분들의 집을 묵묵히 정리하고 청소할 뿐이다. 드릴 수 있는 것이 고작 이것뿐이라서. 사는 동안은 지옥이었지만 이제는 천국에 깃들기를 바라면서.

스스로를
가두는 일

"주변에 고립·은둔 청년이 있으면 알려주십시오."

얼마전에 버스에서 들은 광고다. 집에서 나오지 않는 청년
들의 문제가 심각하긴 심각한 모양이다. 예전부터 일본에서
는 '히키코모리'라고 해서 사회적인 문제로 크게 다뤄졌고,
나 역시 8년 전 첫 책을 출간할 때부터 심각성을 인지해온 문
제였다.

특히 최근에 은둔형 외톨이들이 여러 가지 사회적 물의를

일으키면서 더욱더 관심이 커진 것 같다. 얼마전 잔혹한 살인으로 세상을 떠들썩하게 한 정유정 역시 은둔형 외톨이로 알려져 있다.

은둔형 외톨이는 주로 정신적인 문제 때문에 스스로를 집 안에 가둔다. 생활을 위한 최소한의 외출만 하면서 거의 모든 시간을 집에서 보낸다. 이런 양상은 특히 청년들에게서 많이 보이는데, 이들이 처음부터 은둔을 했던 건 아니다. 다른 사람들과 똑같이 학교생활을 하고 군대나 사회생활을 했던 경우가 대부분이다. 그러다 어느 순간 어떤 트라우마나 사회생활에서 오는 스트레스 때문에 스스로를 집에 가두게 되는 것이다. 그런 생활이 지속되면 뭔가를 해야겠다는 의욕이나 에너지가 점점 떨어지고, 무기력해져서 은둔생활에서 벗어날 수가 없는 악순환이 생긴다.

이들의 집에 가 보면 대개 평범한 사람과는 집 상태가 많이 다르다. 집에만 있다 보니 배달음식으로 끼니를 때우기 일쑤고 밖에 나가는 걸 꺼려서 내다 버리지 않은 쓰레기가 집에 가득하다. 음식물 쓰레기 때문에 바퀴벌레가 득실대고 바퀴벌레의 천적인 거미가 거미줄을 잔뜩 쳐놓아 마치 산속 폐허 같다.

멀쩡히 사회생활을 하면서도 쓰레기 집을 만들어놓는 청년도 많다. 이들 또한 생계를 위해 겨우겨우 직장을 다닐 뿐심리적 상태는 은둔형 외톨이와 별반 다르지 않다.

자기 집을 자기가 더럽게 쓰는 걸 누가 뭐라고 할 수 있을까, 그게 뭐가 문제일까 생각할 수도 있다. 하지만 원룸 같은 공동주택에서 쓰레기 집이 하나라도 나오면 건물 전체로 바퀴벌레가 퍼져나가는 건 순식간이다. 온갖 악취와 해충이 들끓고 이웃에 큰 피해가 발생한다. 뉴스에서도 쓰레기 집을 그대로 놔두고 야반도주한 세입자에 대한 이야기가 심심찮게 나온다.

나도 쓰레기 집 청소를 의뢰해놓고는 청소비를 지불하지 않고 연락을 끊어버린 경우를 많이 당했다. 아마 못 받은 돈을 다 합치면 거짓말 조금 보태서 차 한 대는 살 것이다. 하지만 악착같이 찾아가서 돈을 받아낼 마음은 들지 않았다. 청소비용은 못 받았지만 집을 치워줌으로써 청년 고독사를 조금이나마 줄이지 않았나 싶은 생각에서다.

일본에서는 6개월 이상 집 안에서 나오지 않은 사람을 히키코모리로 칭하고, 일찍부터 그들의 생계를 돕는 복지나 상담치료지원 같은 프로그램을 마련해왔다. 하지만 이제 와 보니 별 효용이 없어, 새롭게 정책을 마련하고 있다고 한다. 생계를 대신 책임져주는 대신 사회로 나갈 수 있도록 지원을 해주는 것이 변화의 주요 골자다.

이때는 청년들이 사회로 복귀할 준비를 돕는 것이 가장 중요하다. 사회성이 결핍된 상태에서 성급하게 외부에 노출되면 사건이나 사고가 발생하기 마련이다. 준비되지 않은 청년을 무작정 세상 밖으로 끌어내면 참혹한 일이 벌어지기도 한다.

또 생계활동을 전혀 하지 않고 고령의 부모에게 의지해 살아가다가 불행한 사건이 발생하는 경우도 왕왕 보인다. 부모는 답답해서 잔소리를 하고, 잔소리를 견디기 어려운 청년이 부모를 폭행하거나 살해한다. 마지막에는 자책하다가 자살을 택하고야 만다.

모두 병들었는데 아무도 아프지 않았다

이성복 시인의 〈그날〉의 한 구절이다. 우리 사회의 많은 부분, 그중에서도 청년들의 가슴에 병이 생겼다는 걸 알면서도 애써 모른 척 덮어온 시간이 길다. 청년 고독사가 늘어나는 것도 어찌 보면 당연하다. 나는 이렇게 힘든데 아무도 공감해주지 않고 아파해주지 않는다면 벼랑 끝에 혼자 서 있는 것 같은 외로움이 들지 않을 수 없다.

얼마 전 청년재단에서 운영하는 유튜브 채널에 출연 요청을 받아 다녀왔다. 청년재단 측도 이 같은 문제를 직시하고 자신들이 무엇을 할 수 있을지 심도 있게 고민하고 있었다. 청년들을 위해서라면 뭐든 할 준비가 돼 있지만 어디서부터 어떻게 문제에 손을 대고 해결해나가야 하는지 감이 잡히지 않는다고 했다. 꽤 오랫동안 그들과 대화를 나눴다.

청년 고독사를 뉴스를 통해 접하면 어떤 사람들은 냉정하게 쏘아붙인다.

"나 때는 학교고 집이고, 군대에서까지 엄청 맞으면서도 배우고 버텼다."

"지금 군대가 어디 군대냐. 툭하면 휴가 나오고, 얼마 안 돼서 제대하던데."

"먹고살 걱정 없어지니 한가해서 생긴 병이다."

"젊은 놈이 오죽 못났으면 집에서 펑펑 노냐. 싹수가 글러

먹었다."

댓글에서도 쉽게 볼 수 있는 내용이다. 이 일을 직업으로 삼지 않았다면 나도 쉽게 저런 생각을 했을지도 모른다. 하지만 나는 유품정리사로서 수많은 청년 고독사 현장에 다녀왔다. 댓글 내용이 틀렸다고 말하는 게 아니다. 과거보다 현재 상황이 좋아진 면이 많다. 하지만 시대가 달라졌고 사람들이 품는 고민의 내용도 달라졌다. 아이를 키우는 방식부터 학교 생활, 사회적인 분위기까지 그때와는 사뭇 다르다. 내 아이와 대화해봐도 요즘 애들은 생각이 나와는 참 다르구나, 하고 느낄 수 있다. 그런데도 '나 때는'이라면서 가볍게 넘겨버리기에는 아까운 목숨이 너무 많이 시들어가고 있다.

그들이 왜 이런 선택을 했는지, 세상 밖으로 나와 사람들과 어울려 살아갈 수 있도록 도우려면 무엇을 해야 하는지, 진지하게 고민하고 함께 해결책을 마련해야 한다.

어린이집을 다녔던 보육교사의 쓰레기 집. 종일 집에서 게임만 하던 청년의 쓰레기 집. 대기업에 다니던 직장인의 쓰레기 집. 모두가 그들의 아픈 마음을 고스란히 대변하고 있었다. 더 이상 고독사의 흔적이 쓰레기더미에서 발견되지 않도록 뭐라도 새로운 시도를 해봐야 한다.

은둔형 외톨이들의 주거공간을 개선하고, 치료 프로그램과 취업 프로그램을 동시에 관리하는 기관이 필요하다는 데는 이견이 없을 것이다. 또한 몰라서 그렇지 도움을 주고자 하는 재단도 이미 많다. 이를 청년들에게 알려야 한다. 그들에게 쓴소리를 하는 대신 청년재단을 비롯한 관련 단체에 도움을 청해주길 바란다.

나그네가 스스로 옷을 벗도록 만든 건 강한 바람이 아니었다. 따스한 햇살이었다. 그들이 더 움츠러들고 더 꽁꽁 자기를 싸매고 숨어버리기 전에 조금만 더 따뜻한 시선과 도움을 주었으면 하는 바람이다.

내가 가는 현장에 더 이상 청년이 없었으면 좋겠다.

사실은 너를
보고 싶었지만

고인들은 각각 환갑과 칠순이 다 되어가는 노인들이었다. 두 명이 자살을 선택한 현장이었다. 할머니와 할아버지의 동반 자살이었다.

22년 4월, 인천에 위치한 오래된 상가주택에 무료 특수청 소를 하러 갔을 때였다. 창고를 개조해서 만들었는지 집이라 고 볼 수 없는 구조에 공간도 매우 비좁았다. 이렇게 협소한 곳에서 두 사람이 살아야 할 만큼 두 분의 형편은 좋지 않았다. 할머니가 받는 기초생활수급비에 의지해 근근이 살았다고 한다. 두 분은 부부가 아니라 동거 상태였다. 기초생활수급비를 받아야 했기에 혼인신고를 하지 않은 채로 꽤 오랜 기간 동거 상태로 지내왔다고 한다.

넉넉하진 않아도 입에 풀칠을 할 정도로는 생활을 이어갈 수 있던 중, 불행이 찾아왔다. 할머니가 유방암에 걸린 것이다. 병은 한참 전에 시작됐고 이미 많이 진행되어 치료하더라도 호전되기 어려운 상태였다. 거의 시한부나 다름없는 상태. 그때부터 두 분은 삶을 비관하기 시작했다.

그때 할머니가 오래전에 이혼하면서 두고 나온 아들에게서 소식이 들려왔다. 이들은 이제 서로 얼굴도 가물가물할 테다. 아니, 아마 길에서 만나면 서로 알아볼 수도 없을 것이다. 그럴 만큼 시간이 흐르고 흘러 이제는 거의 남남이나 다름 없는 관계였다.

하지만 아들은 어머니를 잊지 못했다. 성인이 되고 나이가 들어갈수록 어머니가 더욱 그리워졌다. 그래서 늦게나마 어머니를 찾기 시작했다. 찾아간 동사무소에서 어머니의 거주지를 알아냈지만 개인정보보호법으로 인해 연락처를 받을 수는 없었다. 어머니는 아들과의 만남을 거절했다. 자신의 어려운 형편과 얼마 남지 않은 생이 아들에게 짐이 될까 두려웠기 때문이다. 어머니가 거절하여 아들은 끝내 연락처와 주소를 받지 못했다.

아들은 어머니가 살아 계시다는 걸 확인하고 나니 더욱더 안달이 났다. 아마 자기 형편이 넉넉했다면 어떤 수단과 방법을 써서라도 거주지를 알아냈을 것이다. 하지만 그의 상황 역시 좋지가 않았다. 건축현장에서 일하며 하루 벌어 하루 사는 삶이었다. 그러고 보니 어머니의 마음도 충분히 이해가 됐다. 자신도 넉넉하지 않은데 무슨 염치로 어머니를 찾겠다고 생각했나 싶어 이내 마음을 접었다. 가진 것이 없으면 보고 싶은 마음도 참아야 했다.

부모와 자식은 천륜이다. 하늘이 맺어준 인연. 그 사이를 돈이 가로막는다는 생각을 하니 가슴이 답답해졌다. 사람의 감정은 참 희한하게 타인에게도 전이된다. 매번 현장에 갈 때마다 접하는 수많은 사연에 마음이 아프고 우울감이 찾아온다. 생명의 불씨가 위태위태하게 흔들리는 병중에 들려온 아들의 소식을 거절했을 어머니의 마음과 어머니를 부양하기 어려운 형편 때문에 결국은 어머니와의 재회를 포기했을 아들의 마음이 전부 고스란히 전해져왔다. 그래도 아쉬운 마음은 어쩔 수가 없었다.

'어차피 얼마 남지 않은 생인데 마지막으로 자식 얼굴이라도 보고 가시지.'

아들이 보고 싶은 마음을 무엇에 비할까. 어머니는 천근만근 무거운 마음을 어렵사리 접어 가슴 깊은 곳에 묻었을 것이다.

얼마 뒤 아들은 어머니의 소식을 전해 들었다. 경찰서에서 전해온 부고 소식이었다. 고인들은 마지막까지 함께였다.

아들은 내게 무료 특수청소를 요청하며 후회를 털어놓았다. 그때는 최선이라 생각했지만 이제 와 보니 어리석은 선택이었다며.

"그때 제가 포기하지 않고 어머니와의 만남을 계속 강하게 밀어붙였다면, 어머니가 못 이기는 척 저를 만났다면 이렇게 삶을 포기하는 선택은 하지 않으셨을 텐데요."

그랬을 수도 있다. 하지만 그러지 않았을 수도 있다. 아마 10년 전만 됐어도 다른 이야기가 되었을지도 모른다. 아직 기운이 있고 포기보다 희망 쪽에 가까이 있었다면 아들을 만나

지난 시절 보지 못한 아들의 얼굴을 두 눈 가득 실컷 담고 싶었을 것이다. 그러나 어머니는 이미 너무 많이 노쇠했다. 낙관하기에는 몸과 마음이 지칠 대로 지친 상태였다.

일부러 찾으려 해도 찾기 어려울 만한 브라운관 TV가 눈에 띄었다. 저 작고 낡은 TV로 보는 세상이 얼마나 크고 밝을 수 있었겠나. 나이는 먹었고 몸은 병들고 이뤄놓은 것은 없다고 비관했을 것이다. 두고 나온 자식에게 도움을 주지는 못할망정 무슨 염치로 이제 와 자식 얼굴을 보나 했을 것이다. 그렇게 자신이 아닌 자식을 생각하며 두 번의 선택을 했다. 거절과 포기라는 선택을 말이다.

많은 고독사 현장에서 뚜렷이 보이는 것이 '거절'과 '포기'다. 타인에 의한 거절 또는 타인을 위한 거절. 타인에 의한 포기 또는 타인을 위한 포기. 자신에 의한, 자신을 위한 선택은 아니었다. 그렇게 거절과 포기가 반복되면 육체보다 마음과 정신이 조금씩 시들어간다. 그리고 손 내밀지도, 내민 손을 잡지도 못한 채 외롭게 생의 마지막을 맞이한다.

고인의 마음이 내게 깊숙이 전해지는 날에는 내가 하는 일이 그분들에게 한 줌의 희망도 되지 못한다는 생각에 발걸음이 무거워진다. 그래도 내 안에는 분명 희망이 존재하기에 천천히 걸음을 옮겨본다. 거절하고 포기하지 말고 허락하고 지속해서 생의 빛을 이어나가라는 이야기를 전하기 위해, 사는 동안 희망은 있다는 밀을 건네기 위해, 그리고 힘들고 어려운 생을 마무리한 고인의 마지막 이사를 돕기 위해.

4월인데도 날이 쌀쌀하다. 5월이 되면 따뜻해지겠지. 춥고 외로운 사람들도 날이 더 풀리면 조금 더 살 만해지겠지. 매일 겨울이 아니듯 인생도 매일 춥기만 한 건 아니라는 걸 모두가 생각했으면 하는 마음으로 오늘도 작은 희망의 등불을 켠다.

아낌없이 주는
나무

고인은 70대 후반의 남성 택시운전 기사였다. 집주인이 건물 리모델링을 위해 고인의 집을 찾았는데 아무리 문을 두드려도 대답이 없어서 되돌아갔다고 했다. 그리고 며칠 뒤 다시 찾은 집 앞에서부터 풍기는 생소한 악취가 수상해 경찰에 신고를 했다. 경찰이 강제로 문을 열고 들어가서야 고독사 현장을 발견했다. 고인은 미혼이었다.

경찰 측에서 친인척을 찾아주었고 집주인이 가족에게 청소 관련 문제를 해결해달라고 말했지만 가족은 책임을 거부했다. 결국 청소는 답답하고 아쉬운 집주인의 몫이 되었다. 흔한 이야기다.

현장을 방문해보니, 삭은 방 한 칸과 화장실이 전부인 옥탑방을 확장해 주방과 샤워공간을 만들어놓은 구조였다. 옥탑방은 기온에 매우 취약한 주거공간이다. 여름에는 에어컨도 소용없을 만큼 덥고 겨울에는 집 안에 있어도 입김이 나올 만큼 춥다.

더구나 샌드위치 패널로 샤워실과 주방을 추가로 만들어놓은 이 공간은 한겨울에는 사용하기 어려울 만큼 추웠을 테고, 수전이 얼어붙어 물도 안 나왔을 것이다. 다행히 내가 방문했던 시점은 6월, 여름이 막 시작될 무렵이었다. 물 걱정은 없어서 다행이었다.

가끔 현장에 가보면 수도가 얼어 이웃집에서 물을 퍼다가 청소를 해야 할 때가 있다. 나는 하루만 불편하면 되지만 거주하는 사람은 매일 그 불편을 견뎌야 한다.

협소하고 열악한 주거공간에서 사는 이유는 형편이 어렵기 때문이다. 개인택시가 아닌 회사에 소속된 운전기사는 벌이가 더 안 좋다고 했다. 지금은 상황이 또 다르겠지만, 당시에 운전기사가 사납금을 내고 나면 하루에 손에 쥐는 돈은 3~5만 원이었다고 한다. 근무시간은 열두 시간 기준으로 사납금은 10~13만 원이었다. 회사마다 다르겠지만 그때 기본급이 책정돼 있는 곳은 기본금 60~80만 원을 주고 식대와 가스비를 제공해줬는데, 그마저도 안 해주는 곳도 있다고 들었다.

당시에 월급 200만 원을 받으려면 운전기사는 30일 동안 쉬지 않고 일해서 매일 17만 원 이상의 매출을 내야 했다. 이는 기본요금 기준 하루 40번 이상의 운행이 필요한 일이었다. 어림잡아 밥 먹고 화장실을 가는 시간을 두 시간으로 잡았을 때, 그 시간을 제외한 열 시간 동안 손님이 끊이지 않고 연이어 탑승하는 운이 따라준다면 최대 60번의 운행을 할 수 있었다. 말도 안 되는 일이다. 열심히 한 달을 벌어도 90만 원. 월세 30만 원을 내고 점심값, 각종 세금을 내고 나면 남는 돈이 있었을까?

그런데 고인의 유품을 정리하다가 뭔가를 발견하고 손이 멈칫 멈췄다. 그것을 보자마자 가슴이 찌르르 울렸다. 화가 나는 것 같기도 하고 벅차오르는 것 같기도 한 이상한 감정이 울컥 올라왔다. 저절로 자세가 곧게 세워졌다.

우편환송금 통화등기였다. 봉투 안에는 간단한 편지도 함께 들어 있었다.

인녕하세요. 이러모로 어릴 적부터 항상 감사했습니다. 코로나가 끝나서 세상에 나갈 수 있게 되면 꼭 한번 보고 싶습니다. 그때까지 건강하시고, 이번 여름 조금이라도 시원하게 나시라고 보냅니다. 감사합니다.

짧았지만 무거운 편지였다. 많은 것을 말해주는 편지였다. 우편환송금 통화등기는 계좌를 개설하지 않고 등기로 발송한 금액이 분실됐을 시 전액을 보상받을 수 있는 제도의 송금 등기다.

어릴 적부터 항상 감사했다고 했다. 고인이 살아생전에 누군가를 어릴 때부터 도왔다는 말이다. 도움을 받았던 어린아이가 은혜를 갚을 만큼 자라 청년이 되었다. 코로나가 끝나면 고인을 만나고자 했던 청년은 영영 그 바람을 이룰 수 없게 됐다.

허름한 옥탑방에서 살았던 고인의 형편은 어려웠다. 아무리 봐도 누군가를 도울 수 있는 상황이 아니었다. 간혹 예전에 크게 사업을 했다가 망해서 급격하게 형편이 어려운 집에 작업을 하러 갈 때가 있다. 이런 집은 그 특성상 사업했을 당시와 관련된 서류가 많거나 집에 어울리지 않는 가전제품과 가구가 보이곤 한다. 대부분은 잘나갔던 시절에 대한 미련을 놓지 못하기 때문에 그 시절의 물건을 버리지 않는다. 하지만 이 고인의 집에는 그런 것이 전혀 없었다. 한때나마 풍족하게 살았던 흔적은 전혀 보이지 않았다.

흔한 벽걸이 에어컨도 없이 단출한 살림살이가 전부였던 고인은 적은 수입을 쪼개고 쪼개, 가난한 어린아이를 도왔다. 계좌도 없이 우편환송금 제도를 이용해서 말이다.

고마움을 갚기 위해 청년이 고인을 찾았을 때, 청년이 마주할 현실을 생각하자니 코끝이 찡해졌다. 자신이 너무 늦게 찾았다는 생각에 얼마나 가슴이 아플까. 조금만 더 일찍 만나서 얼굴을 보고 고마움을 전할 수 있었다면 하며 얼마나 후회할까. 왈칵 눈물이 쏟아질 것 같아 꾹꾹 눌러 참았다.

마음의 여유가 없어지면 우선하여 버리게 되는 게 양심과 동정이라고 했다. 누군들 안 그렇겠는가. 나 하나 건사하며 살기도 어려운데, 당장 오늘 살아갈 일이 걱정인데 양심과 동정은 사치로 느껴지지 않겠는가. 하지만 고인은 그렇지 않았나 보다. 고인의 형편은 바늘구멍 하나만큼의 여유도 없었는데, 마음의 그릇은 누구보다도 컸다.

떠난 이를 되살리고 싶다는 마음마저 들었다. 고독한 삶 속에서도 마음의 여유를 잃지 않는 방법을 아는 분이셨다. 그야말로 고목처럼 큰 어른이셨다. 세상이 영웅을 한 명 잃었다는 생각이 들었다. 아무에게도 알려지지 않은 숨은 영웅을.

그분의 자취를 보고 나니 다시 한번 초심을 다잡게 된다. 지상에서 누구보다 가난했지만 그곳에서는 따뜻한 날을 마음껏 누리시기를 바라며 그분의 마지막 이사를 마쳐드렸다.

영영
늦어버리기 전에

"저희 아버지가 사시던 집에 짐이 너무 많아서요. 직접 정리하기가 쉽지 않아 의뢰를 드리려고 해요. 아버지는 지금 호스피스 병동에 계세요. 간암 말기시거든요."

며칠 전 아이 등원을 위해 집을 나설 때 온 전화 의뢰였다. 20평 남짓한 빌라인데 집 천장까지 짐이 가득하다고 했다. 저장강박증으로 예상됐다.

보통 쓰레기가 가득한 집은 두 종류로 구분된다. 하나는 일절 치우지 않고 살아서 문자 그대로 쓰레기가 쌓인 쓰레기 집이고, 다른 하나는 쓰레기를 주워 모아놓는 저장강박증 집이다. 대부분이 전자인 쓰레기 집이지만 간혹 이처럼 저장강박증 때문에 온갖 짐이 가득한 집이 있다. 대개 50대 이상의 중장년층에서 발생한다.

저장강박증은 일종의 강박장애로 사용 여부와 관계없이 어떤 물건이든 끊임없이 저장하는 것을 말한다. 그런 행위를 못 하게 말리면 몹시 불쾌해하고 모아놓은 물건을 타인이 마음대로 치우는 데 극도의 거부감을 표현한다. 집 천장까지 물건을 쌓아놓는 지경이라면, 치료가 필요한 수준의 행동장애로 판단한다.

반면 쓰레기 집은 20, 30대 젊은 층에서 많이 생긴다. 쓰레기를 모으는 저장강박증과 쓰레기 집은 분명한 차이점이 있지만, 마음의 병에서부터 시작된다는 점에서는 매한가지다.

의뢰 현장에 도착해보니, 아들의 말 그대로 짐이 엄청났다. 도저히 하루 만에 작업을 마무리하기 어려울 지경이었다. 마침 도착한 아들과 이야기를 나누었다.

"내일까지 작업해야 할 것 같습니다."

"네, 그렇게 하시죠. 그런데 안방을 작업할 때는 조심하셔야 해요. 방에 칼을 포함한 흉기가 많습니다."

무슨 일인지 모르겠으나, 아들은 곳곳에 흉기가 많으니 다치지 않게 조심하라고 당부했다. 10여 년 전 사업이 망하고 아버지는 도망치듯 집을 나갔다. 그때부터 혼자 사셨고 아들과 연락은 하고 지냈으나 집에는 절대 오지 못하게 했다.

"아버지는 마음에 든 병도, 몸에 든 병도 가족들에게 철저히 숨기고 홀로 지냈어요. 이제 아직 예순도 안 되셨는데…… 젊은 시절에는 사업에 크게 성공하셔서 남부럽지 않게 살았는데……."

집 안의 물건은 모두 비닐봉투에 겹겹이 포장돼 있었다. 이럴 경우 혹시 중요한 물건이 있을 수도 있기 때문에 바로 폐기할 수 없다. 일일이 봉투를 뜯어서 내용물을 확인하는 작업이 무한으로 반복됐다.

가끔 동사무소나 노인복지관에서 연락이 온다. 관할 구역에 사는 노인이 있는데 저장강박증이라고. 집 치우는 데 도움을 줄 수 있느냐고. 물론 마음 같아서는 모두 도와주고 싶다. 하지만 그런 집을 치우려면 인원도 많이 필요하고 쓰레기의 양이 많아 폐기 처리 비용만 수백만 원 이상 발생한다. 우리가 지자체에 도움을 청하고 싶은 실정인데 지자체에서 역으로 우리에게 도움을 구하니 아이러니도 이런 아이러니가 없다.

저장강박증 집에서 사는 사람에게도 물론 도움이 필요하지만 주변 이웃들도 고생이 심하다. 주워 모은 쓰레기 때문에 벌레가 계속 꼬이고 악취도 발생하기 때문이다.

예전에 다녀왔던 현장은 1층에 마련된 주차공간까지 전부 쓰레기로 가득 차 있었다. 치료가 필요한 정신병이지만 가족이 강제할 수 있는 방법이 없는 게 현실이다. 또 우리 눈에는 쓰레기라 할지라도 소유권을 주장하는 주인이 있는 한, 타인이 함부로 치울 수도 없다. 쓰레기를 모아놓은 사람이 허락해야만 치울 수 있고 치료도 받게 할 수 있다는 데 이 병의 어려움이 있다.

그뿐이랴. 가족이 다 들러붙어서 어르고 달래 허락을 받았더라도 수백만 원을 넘는 폐기 처리 비용을 감당하기 어려울 때가 많다. 그럴 때 지자체에 도움을 요청하곤 하는데, 지차

체로서도 도움을 줄 예산이 없고 마땅한 방법이 없다. 주민들은 계속해서 민원을 넣고, 민원을 받은 기관에서는 가족에게 연락을 하고, 가족은 돈이 없어 해결을 못 하니 돌고 돌아 결국 나에게까지 연락이 오는 것이다.

내 한 몸 움직여서 일하는 비용이야 그렇다손 쳐도 폐기 처리 비용은 나로서도 모두 해결하기는 어렵다. 결국 아무런 도움도 받지 못한 채 계속 그렇게 살아가야만 했던 곳도 여러 군데 있었다. 나중에는 이렇게는 안 되겠다 싶어서 지자체에 내가 해결방안을 제시하기도 했다.

"봉사자를 모집하고 폐기물은 지자체에서 운영하는 폐기물업체에 수거 요청을 해주세요. 전체적인 작업 지시는 제가 직접 할게요."

어떤 지자체에서는 이 역제안을 받아들였고 어떤 곳은 거절했다.

코로나19로 집 안에서 생활하는 시간이 길어지면서 이렇게 속수무책인 집이 더 많이 생겨났다. 먹고 자고 씻고 치우는 일상적인 행위는 삶을 살기 위해 꼭 필요한 기본이다. 하지만 삶의 의지가 사라지면 먼저 씻고 치우는 행위를 멈추게 된다. 나와 내 주변이 더러워지고 정신이 피폐해진다. 극심한 우울감에 잠식되고 스스로 자신을 외부와 차단한다. 그때부터는 먹고 자는 행위에도 문제가 생긴다.

쓰레기를 쌓아두고, 저장하는 상황은 고독사 위험을 알리는 리트머스 종이와 같다. 그들은 전부 고독사 위험군이다. 혼자 살면서 외부와 담을 쌓고 쓰레기에 파묻혀 산다. 건강한 사람도 쓰레기 속에서 살면 병이 생길 수밖에 없다.

이번 현장은 건강이 악화된 아버지가 호스피스 병동에 입원을 했고, 자신의 마지막을 예감한 그가 청소를 하라고 허락해주었기에 작업이 가능했다. 아들도 형편에 여유가 있는 상황이었다.

현장은 전달받은 모습 그대로였다. 수납이 가능한 모든 곳에 물건이 가득 차 있었고 베란다와 화장실, 방, 거실, 주방까지 쓰레기가 가득했다. 쓰레기와 쓰레기 사이 작은 틈, 술병이 널브러진 그 작은 공간에서 아버지는 먹고 자고 살았다. 어떤 고통이 있기에 시한부임에도 마지막까지 술을 놓지 못

했을까. 잘 벼린 수십 자루의 칼과 도끼는 무엇으로부터 무엇을 지키기 위한 것이었을까.

"복지는 산 사람을 위한 것인데 왜 내가 낸 세금으로 죽은 사람까지 도와줘야 하나?"

가끔 내 유튜브 채널에 달리는 댓글이다. 그렇다면 아직 죽지 않은 사람들은 왜 도움을 받지 못하는 걸까? 우울증과 공황장애는 이미 감기처럼 누구나 흔하게 걸리는 질병이 됐다. 하지만 그들을 위한 복지는 전무하다시피 하다.

"쓰레기를 치우고 치료도 받고, 다시 새롭게 살아가고 싶지만 제 형편에서는 어려워요."

20대부터 고령의 노인까지. 죽음과 삶의 경계에 멈춰 서 있는 사람들. 방법이 없다고, 혼자 힘으로 할 수 있는 게 없다고 호소하는 사람들을 위한 해결책은 누가 마련해줄 수 있을까. 젊어서 안 되고, 도움을 줄 수 있는 질병이 아니라서 안 된다더니, 고독사한 뒤에는 죽은 자여서 안 된다고 한다.

살아서도 죽어서도 도움을 받지 못하는 사람들이 있다. 빈번히 일어나지만 누구도 알아주지 않는 죽음이 있다. 그들은 어린이집 선생님이기도, 회사원이기도, 학원 강사이기도 했다. 내 친구, 내 가족, 내 주변인에게 벌어지고 있는 일이다. 이토록 비극적인 일이 계속해서 반복되고 있음에도 우리는 외면하고 있다.

매년 수천 명이 고독사하고 있고, 1인 가구는 날로 증가하고 있다. 2023년 통계에 따르면 고독사는 4년 사이 40퍼센트나 급증했고 하루 평균 9.3명이 혼자 있다가 죽음을 맞이한다. 언제까지 눈에 보이는 곳에만 도움을 줄 것인가. 갈 길이 아직 아득하게 멀다.

이틀째 아침. 현장에 도착해서 남은 작업을 시작하려는데 아들에게서 전화가 왔다.

"아버지가 새벽에 돌아가셨어요. 깨끗해진 집을 사진으로나마 보여드리고 싶었는데……. 제가 너무 늦어버렸어요."

그는 통곡하고 있었다. 우리는 너무 몰라서, 혹은 알면서도 모르는 척 덮고 넘어가서, 이렇듯 자주 후회를 반복한다. 그와 같은 처지에 있는 누군가의 통곡을 미리 멈춰주기 위해서라도 조금 더 따스한 시선이 필요하다. 아직 아주 늦어버린 건 아니라고 믿기에.

살아 있는 사람을 위한 일

모든 사람에게는 존엄한 마지막을 맞이할 권리가 있다. 지나온 세월을 갈무리하고, 그동안 맺었던 고마운 인연과 마지막 작별 인사를 하고, 단정하게 세상과 이별하는 것. 모두가 바라 마지않는 마지막 모습일 것이다. 하지만 갈수록 개인화되는 세상에서 이 바람을 이루기란 점점 더 어려워지고 있다. '우리'를 지우고 수많은 '나'만이 외롭게 존재하는 사회에서 고독사는 어쩌면 예정된 결말인지도 모른다.

물론 변화의 싹이 조금씩 보이고는 있다. 사회적 대책을 세우고, 서로의 안전망이 되어주고, 이제는 '따로'가 아닌 '함께'가 되어 마지막을 지켜주어야 한다는 시각의 변화가 눈에 보인다. 일례로 '고독사 위험군'이라는 단어는 특수청소 업계에서 예전부터 암암리에 사용됐는데, 이제는 방송에서도 거리낌 없이 다뤄지니 그것만 해도 큰 변화다. 다만, 많은 변화와 대책에도 불구하고 고독사를 예방할 수 있는 현실적인 대안은 마련되지 않은 상황이다. 아직 갈 길이 멀게만 느껴진다.

아내와 나는 고독사 현장을 정리하는 일을 10년 넘게 해오고 있다. 현장에 나가 보면 고독사의 원인은 생각보다 다양하다. 수치화된 자료만으로는 알 수 없는 이야기가 현장에 가면 눈에 훤히 보인다. 지병으로 인한 병사, 자살, 실족사, 돌연사 등 죽음의 이유는 여러 가지다. 이 모든 사람을 '고독사 위험군'이라는 하나의 범주로 묶어서 도울 수 있을까?

고독사 현장인 30평대 브랜드 아파트에 갔을 때 그곳에는 고가의 가전제품과 취미용품이 가득했다. 고인의 사인은 병사였다. 간암 말기 진단을 받고 삶의 의지를 잃어 술로 생을 마감한 경우다. 치료를 받고 건강한 삶을 되찾을 수도 있었지만, 스스로 의지를 놓아버린 것이다. 이런 경우라면 '고독사 위험군'에 포함되지 않아 도움을 받을 길이 없어진다. 이분은 이른바 '고독사 예정군'이었다.

　쓰레기 집에서 살아가는 20대 30대 청년들은 어떨까. 유치원 교사, 학원 강사, 회사원 등 겉으로는 아무런 문제없이 잘 살아가는 듯 보이지만 실제로는 위태롭기 그지없는 상태였다. 이들은 신속하고 조용한 '비밀청소'를 의뢰한다. 한 사람의 집을 여섯 번이나 청소한 적도 있었다.

　이 단골 의뢰자는 대기업 계열사를 다니는 젊은 여성이었는데, 원룸에서 시작해서 아파트까지 점차 집 크기를 늘려갔다. 거처는 달라졌지만 사는 모습은 매한가지였다. 프로필 사진에는 예쁜 디저트와 반려동물이 반짝이고 있었지만, 집에는 예나 지금이나 쓰레기가 주체할 수 없을 만큼 넘쳐났다. 그녀의 집에는 아무도 찾아오지 않는다. 그렇다면 주말이나 휴일, 휴가 기간에 사고가 나면 도와줄 사람이 아무도 없다는 뜻이다. 고독사 위험군이지만, 현재 시행되는 발굴 방식으로는 찾아낼 수 없는 경우다.

　그렇다면 어떻게 해야 할까. 예정군에 해당하는 사람에게는 조금 더 적극적으로 개입해서 생의 의지를 가질 수 있도록 돕는 방법이 필요하다. 그리고 사각지대에 있는 위험군은 경각심을 가질 수 있도록 더욱더 끈질기게 고독사의 위험성과 예방법을 알려야 한다. 요즘 청년들이 보기 편한 방식을 찾아, 스스로 위험군임을 자각할 수 있도록 도와야 한다. 상황을 인지하고 스스로 벽을 깨고 나올 수 있도록 안내해야 한다.

예전과는 달리 자살에 대한 캠페인이 방송에서 펼쳐지고, 수많은 도움 기관이 존재하는 것처럼 이제 고독사도 더 너른 방식으로 더 깊게 알려야 하는 시점이 된 것이다.

고독사는 누구에게나, 심지어 나에게도 일어날 수 있는 최악의 마지막 순간이다. 그런 모습으로 세상과 이별하고 싶은 사람은 아무도 없을 것이다. 다만 자신도 그런 상황에 처할 수 있다고 깊이 생각해볼 기회를 아직 만나지 못했을 뿐이다.

나의 직업은 죽은 사람의 집을 청소하는 일이지만, 사실 내 모든 행위는 살아 있는 사람을 향한다. 고독사를 다양한 방식으로 열심히 알리는 것, 그것이 내가 할 수 있는 최선이라는 생각이 다시금 든다. 지금껏 해온 일은 헛되지 않았다.

되도록 많은 사람이 고독한 죽음을 맞이하지 않기를, 그리고 떠난 이의 이야기가 남은 사람에게 너무 아프게 오래 머물지 않기를 바라는 마음으로 오늘도 현장으로 발걸음을 옮긴다.

유품정리사가 알려주는
자신을 지켜내는 7계명

1. 작은 일이라도 오늘 해야 할 일을 적어놓고 미루지 마세요.

우울감이 채워지는 만큼 삶의 의지는 비워집니다. 사소할지라도 청소, 빨래, 식사와 같은 일상을 거르지 마세요. 작은 일상이 삶을 지탱해줍니다.

당연하게 해왔던 일들을 미루지 마세요. '허투루 보낸 하루'란 이런 당연한 일을 하지 않은 날을 이르는 말입니다. 삶은 하루하루가 쌓여 만들어지는 시간이라는 것을 잊지 마세요.

2. 적어도 한 명 이상의 가까운 지인을 곁에 두세요.

한두 번의 부재나 연락 두절에도 나를 궁금해하고 찾아줄 수 있는 가까운 지인을 곁에 두세요. 매일 연락할 수 있는 사이라면 더 좋습니다.

많은 사람은 필요치 않습니다. 자신의 상황을 솔직하게 말하고 마음을 나눌 수 있다면 단 한 명이라도 충분합니다.

3. 밥 대신 술을 찾지 마세요.

금주를 하라는 말이 아닙니다. 마음이 적적할 때 술이 위안이 되어줄 수 있다는 걸 압니다. 다만 밥 대신 술은 절대 금물입니다. 끼니를 거르지 마세요. 꼬박꼬박 식사를 챙겨 드세요. 배가 불러야 마음이 허하지 않습니다.

4. 취미를 만드세요.

대단한 취미일 필요는 없습니다. 유튜브 영상 보기, 좋아하는 가수 노래 찾아 듣기, 산책하기 등 하루에 한 번 내가 가장 좋아하는 것을 즐길 수 있는 시간을 꼭 만드세요.

매일 같은 시간에 취미 활동을 한다면 이 또한 하루를 건강하게 해주는 루틴이 되어줍니다.

5. 생활계획표를 만들되 시간을 정해놓지 마세요.

우울증을 겪는 많은 사람이 생활계획표를 만듭니다. 스스로 통제가 잘 되지 않으니 규칙적인 생활을 하고자 생활계획표를 만들지만 그걸 지키지 못할 때 더 큰 좌절감과 우울감이 찾아오기 쉽습니다. 정해진 시간이 지나서 일어나거나 의욕이 없어서 계획을 실천에 옮기지 못하고는 스스로에게 실망하고 좌절합니다.

너무 많은 것을 하려 하지 말고 익숙하고 사소한 것부터 몸에 익혀보세요. 그리고 그 후에 중요한 것 한 개 정도만 포함한 계획표를 만들어 실천해보세요. 시간을 정하지 않는 것이 중요합니다. 늦잠을 자고 일어나서도 충분히 지킬 수 있는 것, 즐겁게 할 수 있는 것으로 채워보세요.

이미 시작했으니 반은 이룬 것입니다.

6. 꿈과 목표를 정확히 하세요.

실현 가능한 목표를 설정하고, 생각만 해도 즐거운 꿈을 하나 정해보세요. 대신 자신의 수준과 한계를 정확히 파악하고, 목표와 꿈을 구분해야 합니다. 목표는 노력하면 닿을 만한 것이고 꿈은 이뤄지지 않아도 품고 있으면 즐거운 것으로 정하세요. 목표 없이 꿈만 좇으면 상실감과 박탈감을 피할 수 없습니다. 나부터 내 인생을 세심하게 배려해주세요.

7. 남의 행복 말고 자신의 행복을 보세요.

이 세상에 사연 없는 사람은 없습니다. 모두에게 희로애락은 존재합니다. 마냥 밝아 보이는 사람에게도 그림자는 있고, 마냥 잘사는 것 같은 사람에게도 굴곡은 있습니다. 남의 행복을 좇느라 자신이 가진 행복을 놓치지 마세요.

두꺼운 옷 하나보다 적당한 두께의 옷을 겹겹이 입을 때 더 따뜻하다고 하지요. 이처럼 겹겹이 쌓인 소소한 행복이 자신을 강하게 만들어줍니다.

남겨진 것들의 기록

1판 1쇄 발행 2024년 1월 23일
1판 3쇄 발행 2024년 6월 26일

지은이 김새별·전애원
펴낸이 고병욱

펴낸곳 청림출판(주)
등록 제2023-000081호

본사 04799 서울시 성동구 아차산로17길 49 1009, 1010호 청림출판(주)
제2사옥 10881 경기도 파주시 회동길 173 청림아트스페이스
전화 02-546-4341 **팩스** 02-546-8053

홈페이지 www.chungrim.com **이메일** cr1@chungrim.com
인스타그램 @chungrimbooks **블로그** blog.naver.com/chungrimpub
페이스북 www.facebook.com/chungrimpub

ISBN 978-89-352-1449-5 03810